NIOR

La conspiration des dieux

I. La Pythie assassinée

II. Piège aux Enfers

III. L'Olympe assiégé

IV. L'ultime trahison

Richard Normandon

La conspiration des dieux / I

La Pythie assassinée

GALLIMARD JEUNESSE

Le jour des questions multiples touchait à sa fin.

Le soleil n'était plus qu'un croissant imparfait, à demi caché derrière la crête d'une montagne. Ses rayons obliques se reflétaient sur les remparts et les temples comme dans un millier de miroirs, et la lumière flamboyait partout, dans les champs d'oliviers et les chemins de poussière, transformant la vallée en un immense creuset d'or fondu.

Adossée à une colonne, la Pythie ne perdait rien du spectacle, et la prunelle de ses yeux était une étincelle palpitante, lavée des ténèbres où elle était plongée depuis le début de la journée.

Les jours des questions multiples n'étaient jamais de tout repos, elle le savait d'expérience. De l'aube jusqu'au soir, il lui fallait rester au fond du temple d'Apollon, perdue au milieu des vapeurs sacrées que les deux prêtres du sanctuaire entretenaient dans la salle souterraine, prête à accueillir ses innombrables visiteurs pour leur transmettre les prophéties de son dieu. La tombée de la nuit était toujours un soulagement : les derniers consultants se préparaient au départ, les prêtres qui l'avaient assistée depuis l'aube quittaient les lieux à leur tour, et la Pythie se retrouvait enfin seule dans le silence paisible du crépuscule.

C'était le moment où elle redevenait un être humain comme un autre. L'air humide et salé venu du rivage chassait les restes de fumée qui alourdissaient encore son esprit, les souvenirs d'Apollon s'effaçaient lentement, et il ne demeurait bientôt plus rien des oracles que le dieu lui avait fait prononcer pendant la journée. Elle pouvait revenir à sa vie ordinaire, penser à ses amis, aux secrets de sa sœur, à ses parents qui l'attendaient en bas pour le repas du soir…

Déjà, le soleil n'apparaissait plus qu'en pointillé à l'horizon, et le bleu du ciel s'assombrissait de seconde en seconde.

Il était temps de rentrer, sans doute, mais la jeune fille hésitait encore.

Depuis plusieurs semaines, le pays souffrait d'une canicule exceptionnelle. Le ciel restait désespérément vide, les Grecs ne respiraient plus, paysans et marins affluaient sans cesse à Delphes pour implorer la pitié des dieux – et voilà que, ce soir, le vent soufflait de nouveau ! Il venait glisser contre les joues de la prêtresse, agitait doucement ses cheveux, apportant avec lui ces odeurs d'humidité que les paysans attendaient depuis si longtemps. Mais elle restait sur ses gardes : ce vent-là avait quelque chose de sombre et de froid qui ressemblait à une menace.

Elle se mordit la lèvre et sortit de sous sa robe blanche un petit collier qu'elle serra instinctivement. Ses doigts tremblaient.

Elle secoua la tête et essaya de se raisonner : pourquoi se tourmenter pour une brise un peu trop fraîche ?

Autour d'elle la galerie était déserte, et la Voie sacrée qui descendait jusqu'à la plaine s'était entièrement vidée, elle aussi. Un coin de ciel rougeoyait au loin, gagné par le début de la nuit, et les ultimes lueurs du soleil s'étiraient à peine dans la salle principale du temple, tachant de pourpre les premières dalles de marbre.

Soudain le vent se mit à siffler plus fort, pareil à une bise glaciale qui vint lui fouetter le visage. Quelqu'un approchait, quelqu'un dont les intentions n'avaient rien de bienveillant. Il fallait fuir.

Elle se précipita à l'intérieur du sanctuaire, prête à se réfugier au fond du temple, mais ses jambes tremblaient trop fort, et ses sandales heurtèrent l'angle d'une dalle disjointe. Elle tomba à genoux.

Elle regarda de tous côtés. Le silence était entier, les ténèbres immobiles. La menace approchait sans bruit.

Lorsqu'elle voulut se relever, elle sentit un souffle glacé contre sa nuque, et elle sut alors qu'elle n'arriverait jamais à temps dans la pièce souterraine…

Les deux prêtres la retrouvèrent le lendemain matin, allongée sur le marbre du temple. Elle était morte. Dans ses orbites, ses yeux avaient entièrement disparu.

1

La prophétie fantôme

Au matin, Delphes se réveilla dans un bourdonnement de murmures et de cris. Une foule nombreuse montait la Voie sacrée à grandes enjambées et se massait bruyamment devant les premières marches du temple. La rumeur courait qu'une catastrophe sans précédent avait eu lieu dans le sanctuaire, que les conséquences en seraient terribles pour tous, et la curiosité se répandait comme une fièvre : on jouait des coudes pour s'approcher davantage, on se haussait sur la pointe des pieds pour apercevoir quelque chose dans la pénombre de la salle principale où les deux prêtres d'Apollon avaient disparu depuis des heures, et la peur d'une profanation grandissait peu à peu dans le cœur des hommes. Delphes avait peut-être perdu la protection de son dieu.

Drapé d'un manteau richement brodé, un homme traversa la foule avec détermination. Il y avait quelque chose d'extraordinaire dans la clarté de ses cheveux blonds, et sa peau était si blanche qu'elle paraissait presque transparente, comme éclairée de l'intérieur. Personne ne le connaissait dans la ville.

Les bavardages se changèrent en murmures d'étonnement, et le silence se fit sur son passage. Sans un mot, sans un regard pour quiconque, il gravit les marches et disparut à l'intérieur. Alors plus rien ne bougea dans toute l'enceinte sacrée de Delphes, et chacun attendit sans parler la suite des événements.

La grande salle était plongée dans un silence de tombe. Plus loin derrière une colonne, les deux prêtres se tenaient penchés sur le corps inerte de la Pythie et regardaient son visage avec effarement.

Ils se redressèrent quand l'importun parvint à leur hauteur, mais au lieu de le sermonner, ils se prosternèrent devant lui avec une profonde ferveur.

Apollon passa près d'eux sans leur prêter attention pour se pencher au-dessus du cadavre, et une ombre d'infinie tristesse ternit son regard. L'horreur de ces orbites creuses était d'une violence presque insoutenable : quelque chose avait emporté la Pythie, quelque chose avait traversé son visage et n'y avait laissé que la mort, comme une maison grande ouverte et vidée par un ouragan. Le reste du corps ne portait aucune trace de blessure.

Apollon se releva, et son regard fut attiré par un pendentif dont la chaîne dépassait un peu de la robe. Il tendit la main. Sous la pierre rouge du collier, la peau de la prêtresse était glacée.

– Nous l'avons découverte il y a une heure à peine, intervint le plus jeune des deux prêtres, gêné par le silence qui se prolongeait.

– Je sais cela, répliqua sèchement Apollon et, lui tournant le dos, il se dirigea vers l'autre extrémité du temple.

Il marchait lentement, prenant le temps de tout inspecter sur son passage, et sa silhouette traversait l'obscurité comme un halo de lumière. Quand il revint vers les deux officiants, son visage s'était complètement fermé.

– Rien ! marmonna-t-il. Il n'y a rien du tout ! Aucune trace d'intrusion, aucune empreinte. Et personne n'a touché en bas à la pierre sacrée.

Il se tourna vers le jeune prêtre :

– Que s'est-il passé hier soir ?

– Nous avons laissé la Pythie après la dernière consultation, comme d'habitude. Elle paraissait fatiguée, mais sereine. Nous n'avons rien vu de particulier.

– Qui était le dernier visiteur ?

– Un vieil Athénien qui voulait l'interroger sur la maladie de son épouse. Il a redescendu la Voie sacrée quelques minutes avant nous, et nous n'avons vu personne d'autre autour du temple. J'ai du mal à croire que ce vieillard ait pu se cacher et attendre notre départ… pour…

Il s'interrompit et plaqua une main tremblante contre sa bouche. À ses côtés, son collègue le regardait fixement avec un air de désapprobation.

– En somme, murmura Apollon, il n'y a rien qui puisse nous mettre sur la piste.

Il secoua lentement la tête, et ses sourcils blonds se froncèrent si fort qu'ils semblèrent presque s'obscurcir.

– Lorsque les autorités de la ville se chargeront de l'enquête, vous veillerez à ce que tous les habitants de Delphes soient interrogés, sans oublier les consultants qui ont approché la Pythie. C'est une affaire trop grave pour qu'on la néglige, et il ne faut laisser aucun répit au criminel qui s'en prend à la prêtresse d'un dieu !

Le silence retomba. Apollon ne quittait pas des yeux le visage vide de la jeune fille, et de grands éclairs traversaient à présent ses pupilles, à mesure que la colère montait en lui.

Le jeune prêtre jeta un coup d'œil furtif à son collègue et reprit la parole avec une sorte d'hésitation :

– Il s'est quand même passé quelque chose d'inhabituel hier après-midi. Mais je ne… je ne sais pas si c'est vraiment important.

Apollon redressa la tête.

– C'est à moi d'en juger. Parle ! Tu sais bien, de toute façon, qu'on ne peut rien me cacher.

Il posa une main sur l'épaule du prêtre, et ses doigts s'illuminèrent aussitôt.

– Un couple de jeunes mariés est venu demander s'ils auraient bientôt un enfant. Comme d'ordinaire, la Pythie a inspiré les vapeurs sacrées et mâché une feuille de laurier pour entrer en contact avec vous. Elle s'apprêtait à parler quand elle s'est brusquement interrompue. Il y a eu un silence très court... un silence de deux ou trois secondes peut-être, puis elle a rouvert la bouche et... et alors...

– Alors quoi ? demanda Apollon en serrant davantage l'épaule du prêtre.

– Elle s'est mise à parler d'une voix rauque, une voix tellement déformée qu'on la reconnaissait à peine. Il y avait de la peur dans ses paroles.

– Qu'a-t-elle dit ?

Le jeune homme parut hésiter. Il ne cessait d'épier les réactions de son collègue, dont le visage demeurait impénétrable.

– Je me souviens mal, nous avons été tellement surpris...

Il mit une main sur son front, comme pour se concentrer.

– Elle a parlé d'une immense catastrophe, d'une montagne en poussière, puis elle s'est mise à hurler, ses yeux se sont écarquillés, et elle a dit ces mots : *Au neuvième jour d'ici, le réveil de l'ogre, le sang de la terre*. Nous n'y avons rien compris, mais les jeunes mariés étaient si paniqués que nous avons dû inventer une explication rassurante avant de les raccompagner. À notre retour, la Pythie était redevenue elle-même, elle n'avait déjà aucun souvenir de l'incident.

De grands cris retentirent tout à coup dans le temple, et on entendit deux paires de sandales claquer violemment sur les dalles de marbre.

– Ce sont les parents de la Pythie, murmura le vieux prêtre en se penchant vers Apollon.

– Je ne veux pas qu'ils me voient, répliqua le dieu en s'éloignant. Prenez soin d'eux, et questionnez-les discrètement sur leur fille !

Arrivée à hauteur des deux prêtres, la mère se précipita à terre pour prendre sa fille dans ses bras. Tendrement, elle balaya les longs cheveux noirs qui couvraient le visage de son enfant. Un hurlement de terreur monta alors jusqu'au plafond, et la vieille femme s'effondra sur le marbre, sans connaissance.

Apollon aurait voulu accourir, porter réconfort à cette mère ravagée par la douleur, mais une pudeur le retenait – l'habitude prise depuis trop longtemps d'intervenir le moins possible dans les affaires humaines. Il resta dans l'ombre, réfléchissant encore à l'étrange prophétie dont les prêtres venaient de lui parler.

Une pensée obsédante ne le quittait pas : lui seul pouvait entrer en contact avec la Pythie, lui seul avait le don de lui inspirer les oracles que les visiteurs attendaient, et pourtant il était certain de ne pas lui avoir dicté cette prophétie-là ! Contre toutes les lois qui régissaient l'Olympe, quelqu'un s'était introduit dans l'esprit de la prêtresse pour modifier l'oracle destiné aux jeunes mariés.

Au neuvième jour… le réveil de l'ogre…

Les yeux d'Apollon firent deux étincelles dans la pénombre du temple. Il y avait dans ces mots un avertissement qui le troublait : un compte à rebours s'était enclenché, et il laissait huit jours pour agir.

2
Phaéton

Il y a, quelque part en Éthiopie, à l'abri du regard des hommes, une porte d'or tellement haute qu'elle paraît presque toucher le ciel. C'est la porte du palais d'Apollon.

Plusieurs décennies ont été nécessaires à Héphaïstos pour forger ce monument grandiose dont il a fait cadeau à son frère. Le précieux métal a été si bien travaillé, si bien lissé, qu'il capte à merveille l'éclat du jour, et le soleil est si fort dans ces lointaines régions d'Afrique que les deux battants de la porte, lorsqu'ils sont réunis, forment en plein désert un long rectangle de lumière pure : rien n'est plus efficace que cette barrière de feu pour éloigner les importuns.

Ce soir-là, pourtant, quelqu'un la franchit d'un pas décidé et laissa les deux battants se refermer silencieusement derrière lui. C'était un jeune homme blond de quinze ans, à la peau très claire malgré ses origines grecques. Il traversa avec assurance le grand vestibule, puis, sans se laisser aveugler par l'éclat omniprésent de l'or, sans se perdre dans ce vaste labyrinthe de couloirs où les murs sont faits de lumière, il parvint à la salle du trône.

Tout au fond, derrière une gaze de lumière, se trouvait le grand trône d'argent où Apollon avait l'habitude de siéger. Mais à cette heure le trône était encore vide, et l'éclat du métal vibrait aussi pauvrement qu'un soleil pâli.

Phaéton se mordit la lèvre. Son père lui avait promis qu'il reviendrait de Delphes dans la matinée, et ce retard prolongé l'inquiétait un peu.

Il s'apprêtait à partir quand il distingua un mouvement dans le fond de la salle : une silhouette obscure venait d'apparaître derrière un paravent brodé d'or et glissait sans bruit vers l'arche d'une porte. Mais avant que Phaéton ait esquissé un pas dans sa direction, l'esclave éthiopien avait déjà disparu, aussi furtif qu'une ombre, et le palais était redevenu silencieux.

Le souvenir de sa mère lui revint brutalement en mémoire, le même souvenir qui ne le quittait pas depuis dix mois, l'image d'une vieille femme allongée dont la maladie avait déjà rongé le visage. Que de choses s'étaient passées depuis lors ! Son départ de Grèce pour aller s'installer en Éthiopie, la découverte de ce père taciturne et fuyant qu'il n'avait jamais vu en quinze ans, les assauts quotidiens de la solitude… Ce soir encore, il se retrouvait livré à lui-même, et la menace de l'ennui scintillait de tous côtés dans les dorures du palais.

Il aurait pu sortir au grand air, se promener sur les plus hautes dunes pour voir au loin les eaux étranges de la mer Rouge, mais il n'avait que du dégoût pour le désert et ses mornes étendues de sable. Il ne connaissait en réalité qu'un endroit où passer tranquillement les heures qui le séparaient de la nuit, et tant pis s'il devait enfreindre une fois de plus les interdictions de son père !

Les écuries avaient été installées dans l'aile gauche du palais, à l'exact opposé des chambres et de la salle du trône. Elles étaient assez spacieuses pour contenir, répartis de chaque côté d'une allée pavée d'argent, dix enclos de cuivre poli qui jetaient partout de beaux reflets fauves. C'est là que vivaient les chevaux ailés d'Apollon, dix magnifiques bêtes aux muscles puissants, habituées tous les jours à se relayer pour tirer le char du soleil d'un monde à l'autre.

Ce soir, ils étaient tous réunis et commençaient à somnoler dans leur box, mais à l'entrée de Phaéton ils se redressèrent avec vigueur et se mirent à piaffer d'impatience en passant leur large encolure entre les barreaux des stalles. Tandis que le jeune homme caressait tour à tour leur pelage, les animaux le regardaient avec excitation et courbaient déjà l'échine, comme s'ils attendaient qu'on les harnache de nouveau pour arpenter le ciel et reprendre là-haut la route du soleil.

Phaéton fixa leurs yeux clairs en souriant :

– Vous venez à peine de rentrer, et vous êtes déjà impatients de repartir ! Songez à Nyx : la déesse de la nuit n'apprécierait pas vraiment que vous concurrenciez son travail !

Sa voix était assez douce pour apaiser lentement les chevaux, et cela suffit pour qu'ils acceptent de s'allonger de nouveau sur leur lit de paille. Il rejoignit ensuite le box d'Eoüs, le plus doux des dix, et s'asseyant sur la paille ocre, il s'adossa au flanc chaud de l'animal.

Il était fier de les voir tous si obéissants, même s'il n'en avait pas toujours été de même. Il y a six mois, il avait demandé la permission de conduire lui-même le char du soleil, permission qu'Apollon lui avait accordée avec de grandes réserves, un jour de clémence. À l'heure du départ, juste avant l'aube, le dieu avait multiplié les conseils de prudence, n'en ajoutant qu'un seul au moment où Phaéton prenait place sur le char :

– Surtout, veille à tenir fermement les rênes. Si tu relâches ton effort un seul instant, tu es perdu !

Mais les chevaux s'élançaient déjà, impatients de gagner les hauteurs, et comme l'avait redouté son père, il avait suffi de quelques minutes pour que Phaéton, donnant trop de mou aux animaux, finisse par ne plus pouvoir les contrôler. Le quadrige s'était élevé dans le ciel à des hauteurs inouïes, frôlant dangereusement les étoiles les plus lointaines. Effrayé par le vide qui s'étendait sous lui, le jeune homme avait complètement lâché les brides, et les chevaux s'étaient emballés de toute la vigueur de leurs puissants jarrets. Enivrés par cette liberté nouvelle, ils avaient galopé sans se soucier de leur direction, s'éloignant à des distances vertigineuses, et se rapprochant de la terre en une seconde pour raser la surface des plaines et des océans. Les rayons ardents du soleil avaient léché le feuillage des arbres, et tout avait pris feu au passage du quadrige infernal ; les rivières s'étaient asséchées d'un coup, les volcans s'étaient mis à bouillonner, la terre s'était crevassée de toutes parts. Seule l'intervention de Zeus avait sauvé le monde d'une catastrophe irrémédiable. Brandissant sa foudre, le roi des dieux avait arrêté le char, et Apollon avait bondi pour en reprendre le contrôle.

De cette peu glorieuse mésaventure, Phaéton avait gardé un profond attachement pour ces chevaux avec lesquels il avait partagé l'ivresse des hauteurs, et même si son père lui avait intimé l'ordre de ne plus jamais s'approcher d'eux, il leur rendait visite chaque jour pour se consoler de sa solitude. Enveloppé par le souffle de lumière blanche qui s'échappait de leurs naseaux, emporté par l'odeur entêtante de la paille chaude, il se laissait parfois gagner par le sommeil, et c'est alors que ses rêves étaient les plus doux. Ailleurs, dans son lit où il craignait de s'endormir, il ne voyait que des images de sable et de vides immenses qui étouffaient ses nuits, mais dans ce box, au creux d'Eoüs dont les flancs se soulevaient lentement comme une mer calme, il partait en songe loin de l'Afrique, loin de ce désert où sa vie s'était enlisée, et il retrouvait les souvenirs de son enfance les plus chers à son cœur : les paysans et les bergers de son village natal, les ruisseaux d'eau claire qui lui éclaboussaient les chevilles, les chemins de pierraille, les plaines et les cigales, les plongeons dans la mer tiède et les courses à cheval à travers les oliveraies, toutes ces choses qu'il avait perdues à la mort de sa mère, brûlées à jamais au soleil de l'Éthiopie...

D'ordinaire, les chevaux hennissaient légèrement pour le réveiller et le prévenir qu'il était temps de regagner sa chambre, mais ce soir, c'est une main posée sur son épaule qui mit fin brutalement à ses rêves.

– Allons, réveille-toi ! Ne t'ai-je pas assez répété que tu n'as rien à faire ici ?

Le jeune homme s'empressa de se relever, mais il garda la tête basse, incapable de regarder son père dans les yeux. Il connaissait trop bien cette manière terrible qu'Apollon avait parfois de le dévisager : c'est avec cet air-là qu'il l'avait accueilli aux portes du palais dix mois plus tôt, et il ne s'était guère adouci depuis ce jour.

D'ailleurs la réprimande ne s'arrêta pas en si bon chemin, et Apollon poursuivit avec sévérité, tandis que ses yeux lançaient des éclairs :

– J'ai mieux à faire aujourd'hui que punir les désobéissances de mon fils !

Le ventre de Phaéton se serra violemment et les larmes lui montèrent aux yeux. Il se détourna pour passer la main dans la crinière jaune d'Eoüs, et l'on n'entendit plus dans les écuries que la respiration paisible des chevaux endormis. Apollon ne bougeait pas, Phaéton sentait derrière lui son ombre frémissante.

– Pardonne-moi ! reprit le dieu avec un soupir. Je suis injuste avec toi, et tu ne mérites pas de si grands reproches. Ce que j'ai vu à Delphes m'a rendu trop nerveux, je suppose…

Phaéton se retourna. Le visage de son père était inhabituellement tendu.

– Que s'est-il passé ?

Apollon parut hésiter un moment, puis il répondit avec un sourire amer :

– Comment t'expliquer, mon fils ? Des événements exceptionnels ont eu lieu là-bas, des événements d'une profonde gravité, et je ne suis pas sûr de les comprendre vraiment…

Près d'eux, Eoüs s'agita vaguement dans son sommeil, et sa gueule nimbée de lumière trembla convulsivement, comme si le brave animal était gagné, au-delà des rêves, par les angoisses de son maître.

Apollon invita son fils à s'asseoir contre la barrière du box et lui fit le récit de ce qu'il avait vu à Delphes. Réchauffé par la vapeur enveloppante d'Eoüs, Phaéton était heureux de cette intimité qu'il partageait pour la première fois avec son père, mais son cœur se glaça quand il apprit ce qui s'était passé dans le sanctuaire de Delphes : il essayait d'imaginer cette chose impensable, le visage sans yeux de la Pythie, et il se demandait avec horreur qui avait été assez fou pour s'en prendre à une prêtresse aussi respectée et encourir ainsi la colère d'Apollon.

– *Le réveil de l'ogre*, dit-il dans un souffle, comme s'il prenait conscience du poids de la menace. Mais je ne comprends pas : n'est-ce pas vous qui avez dicté cette prophétie à la Pythie ?

– Non, cette prédiction ne venait pas de moi, et c'est bien ce qui me préoccupe. Seul un dieu pourrait détourner de cette manière les prédictions de ma prêtresse.

– On a peut-être voulu vous faire une plaisanterie...

– Aucun Olympien digne de ce nom n'oserait interférer avec mes pouvoirs pour une chose si futile : c'est un domaine sacré qui m'est réservé. Non, il y a là quelque chose de bien plus malveillant...

Phaéton restait perplexe. Il s'était toujours étonné de la méfiance que son père nourrissait envers les Olympiens : se pouvait-il qu'il eût raison, cette fois-ci ?

– Père, dit-il enfin avec résolution, j'aimerais vous aider.

Apollon eut un sourire sibyllin.

– C'est à moi de trouver qui a tué la Pythie et je ne crois pas que tu puisses m'y aider…

Il réfléchit un instant, les sourcils encore froncés, puis il reprit d'une voix plus légère :

– En revanche, il y a bien quelque chose que tu peux faire pour moi.

Il tendit son bras droit et ouvrit sa paume, laissant apparaître une pierre rouge attachée à une chaînette d'argent.

– Ce pendentif appartenait à la jeune prêtresse, et c'est encore un mystère qui s'ajoute aux autres ! La tradition veut que la Pythie vive dans la plus grande simplicité, sans luxe inutile, et j'imagine mal cette jeune fille porter à mon insu ce genre de bijou.

– C'est sans doute le cadeau d'un prétendant.

Apollon haussa les épaules.

– Tu sais bien que la Pythie doit rester vierge, c'est une condition sur laquelle je n'ai jamais transigé. Et puis… ce n'est pas un collier ordinaire.

Il tendit le bijou à son fils.

– Regarde bien ! L'eau de la pierre est parfaitement pure, mais on peut voir un motif gravé à l'intérieur.

Phaéton plissa les yeux : au cœur du rubis se trouvait en effet un faisceau de fines rayures parallèles dont l'origine ne pouvait être naturelle.

– Oui, il a fallu un art exceptionnel pour parvenir

à graver la pierre *à l'intérieur*, sans en abîmer la surface. Aucun humain n'en serait capable.

– Vous pensez à un dieu ?

– Et pas à n'importe quel dieu. Seul mon demi-frère Héphaïstos pourrait arriver à un tel résultat. Du moins savait-il le faire voilà quelques siècles, quand ses doigts n'étaient pas trop rouillés…

– Mais pourquoi aurait-il donné cette chaîne à la Pythie ? Vous m'avez toujours dit qu'il ne quittait jamais sa forge en Sicile…

– Eh bien, c'est justement ce que tu vas découvrir pour moi ! Tu partiras demain matin, et puisque tu n'as encore rencontré aucun membre de ta nouvelle famille, tu en profiteras pour faire la connaissance de ton vieil oncle !

3
La porte infranchissable

Du temps où il vivait en Grèce avec sa mère, Phaéton avait appris très jeune à monter à cheval, et il avait même participé à quelques courses équestres où il n'avait pas démérité. Malheureusement c'était bien autre chose de monter un cheval ailé, et il dut évaluer à la baisse ses talents de cavalier quand il enfourcha Eoüs pour la première fois, le lendemain matin : il lui fallut de longs efforts pour se stabiliser, s'agrippant désespérément à la crinière de sa monture et aux plumes dorées de ses ailes. La docilité du cheval n'était pas en cause : pendant la convalescence de son fils, Apollon avait repris le dressage de ses dix chevaux pour calmer leur fougue et leur permettre d'entreprendre seuls désormais la route du soleil.

La chevauchée fut donc si difficile que Phaéton atteignit les premières pentes de l'Etna au milieu de l'après-midi. Il laissa Eoüs à l'ombre d'un bosquet isolé et se mit en quête de la grotte qui menait à la forge d'Héphaïstos.

C'était un immense bonheur de changer d'air après dix mois d'enfermement au désert. Dans cette île qu'il ne connaissait pas, il retrouvait avec plaisir tous les charmes de la Méditerranée qui avaient habité son enfance : la mer, l'odeur de la terre, le parfum lourd des figuiers écrasés par le soleil, et le souvenir de sa mère qui avait l'habitude chaque été, en hommage au dieu qui l'avait aimée autrefois, d'accrocher une branche de laurier en fleur derrière son oreille.

Suivant les recommandations de son père, il repéra un éperon rocheux dont les formes crochues évoquaient une tenaille bien aiguisée, et au pied duquel il trouva, dissimulée par un épais taillis, l'entrée d'une caverne. Son cœur se mit à battre plus vite : il était sur le point d'entrer dans un des lieux les plus sacrés et les plus mystérieux de toute la Méditerranée.

Il se faufila entre les branchages, mais son exploration fut de courte durée. La grotte s'arrêtait quelques pas plus loin sur un vaste mur dont la consistance n'évoquait ni la pierre ni le métal : c'était une matière étrange, grisâtre et grenue, assez molle pour que le doigt s'y enfonce un peu, comme dans une éponge.

Phaéton ramassa une pierre assez tranchante, et essaya d'entamer la paroi, mais la surface resta absolument intacte ; elle absorbait les coups sans en garder la trace, et à la dixième tentative c'est la pierre elle-même qui explosa en poussière dans sa main, lui entaillant légèrement le creux de la paume.

S'arc-boutant contre la cloison, il tenta de la repousser ou de la faire basculer, mais la paroi demeura immobile. En l'inspectant de plus près, il remarqua un interstice entre le mur et la pierre de la grotte, dans le coin inférieur gauche : impossible de s'y glisser, mais il y risqua un œil et aperçut un long couloir noyé de flammes sombres. C'était bien la grotte que son père lui avait indiquée, mais pourquoi ne lui avait-il pas parlé de ce dernier obstacle ?

Tout autour, l'obscurité s'épaississait. Le jour touchait à sa fin, il ne servait à rien de s'éterniser ici. Phaéton se résigna à rejoindre Eoüs.

Le cheval l'attendait sagement au milieu d'un groupe d'arbustes qu'il éclairait de loin comme un soleil miniature, mais il n'était pas seul : assis près de lui sur une souche, un jeune homme lui caressait nonchalamment le museau. Phaéton s'apprêtait à bondir, quand l'inconnu tourna la tête dans sa direction et lui adressa un sourire désinvolte :

– Ha ! Te voilà donc, neveu ! Je me doutais bien que ce cheval appartenait à Apollon. Il reluit si fort qu'on le verrait de l'autre extrémité de l'île !

Dévisageant l'importun, Phaéton distingua autour de lui cette légère aura qui nimbait les Olympiens. Ses pieds étaient chaussés de sandales ailées, et il tenait en main un bâton autour duquel s'entortillaient deux orvets endormis : Phaéton reconnut le caducée dont le dieu ne se séparait jamais.

– Hermès ? Vous êtes Hermès ?

Le sourire du dieu s'élargit.

– Viens embrasser ton oncle, jeune homme !

Phaéton ne put réprimer un accès de timidité : un an plus tôt, il apportait encore des offrandes en son honneur, il s'agenouillait devant son autel, et voilà qu'aujourd'hui il devait l'embrasser ! Non vraiment, il se sentait trop neuf dans sa famille olympienne pour se permettre de telles familiarités, et Hermès dut se lever lui-même pour aller serrer chaleureusement l'avant-bras de son neveu.

– Je m'étonne de te rencontrer ici. Nous croyions tous que ton père te gardait au secret dans son palais.

Le regard de son oncle était si pressant que Phaéton lui expliqua le but de sa visite en Sicile, prenant soin de ne pas mentionner le meurtre de la Pythie puisque son père lui avait demandé de garder là-dessus la plus grande discrétion.

– Eh bien, mon garçon, je serais curieux de savoir comment cet ours d'Héphaïstos a bien pu t'accueillir !

– Je ne l'ai pas encore vu, avoua Phaéton. Je n'ai pas pu…

Hermès l'interrompit en se levant promptement.

– Alors suis-moi ! Je dois moi aussi lui rendre visite. Mon frère a un contact assez… abrupt avec les étrangers, et je pourrai intercéder pour toi s'il le faut.

– Mais… comment passerons-nous le mur de la caverne ?

– Un mur, vraiment ? répliqua Hermès d'un air mystérieux, et il éclata de rire.

Lorsqu'ils se retrouvèrent face à la paroi, il posa sa main à plat contre la surface sans trop appuyer, comme pour en éprouver la matière.

– Même le caillou le plus pointu n'a rien pu y faire, soupira Phaéton.

– Évidemment ! Il n'y a qu'un moyen d'ouvrir la porte !

– *La porte ?*

– Bien sûr ! Penses-tu vraiment que notre vieil Héphaïstos laisserait sa forge ouverte à n'importe qui ?

Phaéton sentit qu'il allait encore rougir. Il n'était qu'un simple mortel après tout, peut-être ne méritait-il pas d'avoir accès au repaire d'Héphaïstos.

– Une porte donc, poursuivit Hermès, et très simple à ouvrir pour peu qu'on en connaisse le secret. Vois-tu, Héphaïstos est un expert de la forge, il maîtrise à la perfection le feu et la fumée.

Hermès gonfla ses joues et souffla sur la paroi. Aussitôt le mur commença à se déformer, à se dissoudre en longues volutes de fumée qui s'enroulèrent sur elles-mêmes avant de se dissiper pour livrer le passage. Le dieu prit Phaéton par le poignet, et le jeune homme eut à peine le temps d'admirer ce prodige que la porte se solidifiait à nouveau derrière eux.

Une galerie assez étroite s'enfonçait sous terre. Ils commencèrent à descendre.

Les murs étaient couverts de plaques de bronze lisses et brillantes sur lesquelles courait, en haut et en bas, un entrelacs de flammes finement gravées. Tous les trente pas, deux torches projetaient une lumière rouge, et l'ombre de leurs flammes se superposait aux flammes de métal que le dieu forgeron avait ciselées sur les parois.

– Et vous, demanda Phaéton après vingt minutes de marche silencieuse, pour quelle raison venez-vous voir Héphaïstos ?

– Oh, c'est plutôt ce qu'on pourrait appeler une visite de routine. Zeus est à court d'éclairs et il m'envoie accélérer la prochaine livraison.

– Une pénurie d'éclairs ? s'exclama Phaéton, étonné que Zeus lui-même puisse manquer si facilement des armes qui faisaient sa force.

– Ce n'est pas courant, je l'avoue. En général, Héphaïstos veille à approvisionner notre père régulièrement, et il a beau vivre en ermite loin de l'Olympe, il n'épargne jamais sa peine pour s'acquitter de ses charges. Il y a sans doute une explication toute simple à son retard. Une rancœur, une bouderie peut-être. Héphaïstos est de mauvaise humeur depuis qu'il a surpris sa femme dans les bras d'un amant : qui sait s'il n'en garde pas encore rancune aux Olympiens…

– Aphrodite ? Aphrodite lui est infidèle ?

Hermès répondit par un sourire, mais Phaéton resta

incrédule, incapable d'admettre que la vénérable déesse de l'amour se rende coupable de telles indignités.

La chaleur grandissait à chaque pas, à présent. La galerie sombra un long moment dans une pénombre moins rassurante, puis les flammes des torches reprirent avec plus de vigueur, et après un coude plus étroit, la forge s'ouvrit devant eux.

4

Cyclopes en grève

La forge était si grande que l'Etna tout entier aurait pu y tenir sans difficulté. Au centre rougeoyait un immense bassin rempli de lave bouillonnante d'où montaient d'épais nuages de chaleur, et tout autour se trouvait un entassement indescriptible d'établis, d'étaux de tailles diverses, de tôles et de plaques métalliques, d'enclumes, de cisailles, de marteaux accrochés aux murs dans des présentoirs cerclés d'anneaux de bronze, ou le plus souvent laissés à terre au milieu de la limaille, de la poussière de charbon et des copeaux de mâchefer.

– Viens ! murmura Hermès en tirant son neveu par un bras. Ce calme ne me dit rien qui vaille...

La forge était en effet plongée dans un silence presque complet. Seul résonnait dans la salle le clapotis étouffé des cloques de lave à la surface du bassin.

Phaéton suivit Hermès à travers le capharnaüm d'outils et de métaux, prenant soin de ne rien renverser.

– Mais où est donc passée cette vieille tête de mule ?

s'énerva Hermès, dont les ailes, déjà noires de suie, frémissaient d'impatience.

Comme pour lui répondre, ils entendirent à cet instant un fracas qui les fit sursauter : un peu plus loin sur leur droite, quelqu'un martelait une plaque de métal avec une violence inouïe.

Les deux visiteurs se laissèrent guider par le bruit et, au détour d'une pile de vieux chaudrons cabossés, ils finirent par trouver Héphaïstos.

Malgré toutes les légendes que Phaéton avait entendues au sujet de son oncle sicilien, la réalité dépassait de loin toutes les descriptions qu'on avait faites de lui : Héphaïstos était une véritable montagne enserrée dans une cuirasse de bronze – mais une montagne biscornue et sans forme bien définie, car il n'y avait rien d'harmonieux dans ce corps dont les muscles énormes ressemblaient à des excroissances malsaines. Bosselées, rongées de coups, les tôles de son armure épousaient parfaitement les formes de sa poitrine, au point qu'on ne voyait pas toujours la différence entre la chair et le métal.

À leur approche, il cessa brusquement de façonner le morceau d'argent posé sur l'établi, et se retourna vers eux en braquant son marteau. Son œil gauche était barré d'un bandeau, et le droit presque entièrement réduit à une fente cachée par d'épais sourcils où luisait un éclat farouche.

Phaéton retint son souffle, prêt à recevoir sur le

crâne la masse énorme du marteau, puis l'œil droit d'Héphaïstos sembla s'arrondir, et on entendit une voix caverneuse sortir de ses dents serrées :

– Ah, c'est toi, mon frère ! Excuse-moi !

Il posa le marteau sur l'établi.

Hermès souriait comme à son habitude, mais l'accueil brutal de son frère avait quelque peu douché son éternelle bonne humeur. Sans plus de politesse, Héphaïstos enchaîna en grognant :

– Je suppose que tu viens pour les éclairs ?

Hermès hocha la tête, son sourire toujours figé au coin des lèvres. Il n'avait pas l'air très à l'aise face à ce colosse aux réactions imprévisibles.

– Feux saints ! La dernière livraison remonte à loin, et je me doutais bien que l'un d'entre vous viendrait me voir pour cette raison un jour ou l'autre. Zeus aurait pu se déplacer lui-même.

– Il est souffrant depuis quelques jours, expliqua Hermès. De vieux rhumatismes, paraît-il.

– Hum, c'est bien commode ! Et je suppose que ces vieux rhumatismes auront la bonté de disparaître quand il voudra redescendre sur terre pour aller séduire une jeune mortelle…

Ses mots se perdirent en un grommellement inaudible, puis il reprit de sa voix rocailleuse en faisant un grand geste du bras pour montrer toute l'étendue de la forge :

– Tu vois comme c'est calme, par ici ! Ça devrait suffire à expliquer mon retard !

– Je ne comprends pas.

– Les cyclopes ne sont plus là, expliqua Héphaïstos en serrant les mâchoires. Ils m'ont dit qu'ils se mettaient en grève et qu'ils préféraient quitter la forge pour un moment.

– Les cyclopes sont partis ? s'étonna Hermès.

– Partis, oui. Quelque part en haut, et je crois même qu'ils ont prévu de quitter la Sicile. Viens, je vais te montrer.

Il s'éloigna aussitôt en claudiquant. Hermès et Phaéton échangèrent un regard perplexe et lui emboîtèrent le pas.

Ils traversèrent une partie de la forge, contournèrent le bassin de lave, noyé dans un halo de chaleur presque insoutenable, puis une nouvelle galerie les conduisit à un atelier sommaire. Le plafond et les murs étaient couverts d'un métal épais et résistant. Quelques outils traînaient à terre ou sur les établis, comme s'ils avaient été laissés à l'abandon depuis longtemps. Dans un coin se trouvait un chaudron épais, posé sur un tas de charbons éteints.

– C'est leur atelier, expliqua le maître les lieux. Il y a deux semaines qu'ils ont cessé de travailler.

Sa voix faiblit étrangement, et trahit soudain une profonde inquiétude. De sa grosse main il montra la marmite.

– Et la marmite ! La marmite sacrée ! Ils ont osé la laisser à l'abandon.

– C'est la marmite pour les éclairs ? demanda Hermès.

– Mais oui, que crois-tu que ce soit ? grogna son frère. Elle contient l'alliage qui sert à leur fabrication. C'est un métal qui exige une attention constante, et le feu doit être entretenu longtemps à une température très basse, pour lui donner la puissance nécessaire. Évidemment, après deux semaines de négligence, il n'a plus sa texture normale.

Hermès et Phaéton jetèrent un coup d'œil : le chaudron était rempli d'un liquide boueux et grumeleux, dont la couleur tenait entre le marron et le gris.

– Mais pour quelle raison les cyclopes ont-ils arrêté le travail ? Nous n'avons jamais eu à douter de leur dévouement...

– Ils n'ont pas été très clairs avec moi. Tout ce que j'ai compris, c'est qu'ils ne voulaient plus travailler ici, que l'endroit était trop dangereux.

– *Dangereux ?*

– C'est le mot qu'ils ont utilisé. Il paraît qu'ils ont entendu des bruits étranges à travers la pierre des galeries, mais ils ont refusé de m'en dire davantage. Je ne les ai jamais vus aussi inquiets.

Il passa une main sur son large front, poussa un grand soupir qui sembla monter du fond de ses entrailles et se pencha de nouveau pour regarder le contenu de la marmite.

– Il n'y a rien à faire. Sans eux, impossible de fabriquer les éclairs ! Seul leur œil unique est assez puissant pour résister à la lumière qui se produit au moment de la solidification. J'y ai déjà perdu mon œil gauche autrefois, à l'époque où je voulais m'en charger seul. Je ne peux tout de même pas sacrifier aujourd'hui celui qui me reste.

– Je le sais bien, ce n'est pas la peine de te justifier. Et je sais aussi que notre père n'était pas désintéressé quand il leur a permis de venir travailler avec toi, après la Guerre Blanche : ils lui étaient trop indispensables pour ne pas leur accorder son pardon.

– Tu le sais, toi ! Mais d'autres doutent de moi, là-bas. J'en connais qui me soupçonnent de trahison, ne dis pas le contraire ! Et pourtant, qui pourrait mettre en cause ma bonne volonté ? Voilà deux ans que je travaille sur le nouveau bouclier qu'Arès m'a commandé. Arès !

Ce dernier mot fut dit d'une voix si forte que les murs de l'atelier se mirent à trembler. Héphaïstos frémissait en serrant les poings.

– Non, reprit-il, ce n'est pas la bonne volonté qui me manque. Mais je ne peux rien faire ! Rien !

– Ne te tourmente pas, fit Hermès en posant une main sur l'épaule massive de son frère. Je tâcherai de les retrouver demain avant qu'ils ne quittent l'île pour de bon. Une discussion franche et nette s'impose : après tout, ils ont des comptes à rendre à Zeus.

Héphaïstos acquiesça et se retourna brusquement vers Phaéton, comme s'il se rendait compte seulement maintenant de sa présence.

– Et quel est donc cet étranger que tu m'amènes ? demanda-t-il en haussant ses épais sourcils. C'est un humain, il me semble, et je ne crois pas que sa présence soit tolérée en ces lieux…

Phaéton se tassa dans l'ombre d'Hermès, mais comme promis son oncle intervint pour prendre sa défense :

– Ce n'est pas vraiment un étranger, ni un humain comme un autre. Il s'agit de notre neveu, Phaéton.

– Hum, jamais entendu parler !

– C'est le fils d'Apollon.

– Encore un enfant illégitime. Décidément, tu ne crois pas que notre frère devrait cesser lui aussi de frayer avec des mortelles ?

Il s'était passé tant de choses depuis la mort de sa mère que Phaéton avait fini par s'habituer à la douleur du deuil, mais les insinuations d'Héphaïstos lui nouèrent le ventre. Il serra les poings : ce n'était pas le moment de montrer un signe de faiblesse, d'autant que ce rétrograde d'Héphaïstos n'avait pas l'air d'apprécier les liaisons entre dieux et mortels.

– Je n'avais pas tort en disant que sa présence ici n'était pas autorisée, reprit le colosse avec mépris. Un humain n'a pas sa place ici.

– C'est moi qui l'ai aidé à ouvrir la porte de fumée, j'en prends la responsabilité.

– Hum, gronda Héphaïstos en balayant l'argument de son frère d'un revers de la main. Et que vient-il faire ici ?

– C'est son père qui l'envoie. Apollon voudrait connaître l'origine d'une pierre précieuse que tu as taillée jadis.

– Eh bien ! Qu'attend-il pour me la montrer ?

Hermès donna un léger coup de coude dans les côtes de son neveu pour le sortir de sa torpeur. Phaéton extirpa le bijou d'un repli de sa tunique et le tendit au forgeron. Le visage d'Héphaïstos sembla s'adoucir. Il s'assit sur un tabouret qui craqua lourdement sous son poids et, faisant tourner le rubis entre ses doigts épais où il paraissait aussi petit qu'une gouttelette de sang, il resta plongé dans de lointaines pensées.

– C'est une vieille chose. Oui, une bien vieille chose. Du temps où j'étais un peu joaillier. Maintenant mes doigts sont tellement noueux que je serais bien incapable d'un travail aussi minutieux. De toute façon on ne fait plus appel à moi que pour les œuvres grossières.

Personne n'osa répondre. À travers la broussaille de ses sourcils, Phaéton voyait briller l'œil de son oncle.

– C'est un rubis, bien sûr, mais un rubis très rare. On n'en trouve que de maigres carrières dans le monde. La plus importante se trouve au bord de la mer Rouge, pas loin de l'Éthiopie. Je pense que la pierre vient de là-bas.

Hermès regardait fixement le pendentif, les yeux luisants de curiosité.

– Comme c'est étrange… Il y a un motif gravé à l'intérieur.

– Pas exactement, corrigea Héphaïstos. Quelque chose a été inséré au cœur de la pierre avant qu'elle ne soit taillée. C'est vraiment du grand art, du très grand art. Ni moi ni personne n'en serait capable aujourd'hui. Quant à savoir ce que j'ai mis dans la pierre... c'est si lointain ! Je ne m'en souviens pas.

– Qui a pu te passer commande d'un si curieux bijou ?

Héphaïstos fronça ses épais sourcils en essayant de convoquer sa mémoire.

– Il me semble... Oui, il me semble que c'est ce bon vieux Lithipe qui m'a apporté le rubis pour que je le façonne. Il venait de la part d'un Olympien, mais j'ai oublié de qui il s'agissait. J'ai reçu tant de commandes depuis des siècles...

Il secoua la tête énergiquement pour chasser la nostalgie de ses souvenirs, et Phaéton comprit qu'il n'en saurait pas davantage.

– Mais il se fait tard ! Hermès, si tu veux trouver les cyclopes le plus tôt possible, il vaut mieux que tu passes la nuit ici, et tu repartiras à l'aube. Suivez-moi !

Il les mena à une petite salle au plafond bas. Une haute torche fichée dans le sol entre deux lits jetait un éclat jaunâtre sur les murs couverts de plaques de cuivre. La chambre était sobre et austère, mais parfaitement propre.

– Faites comme chez vous ! Je viendrai vous réveiller demain matin.

En quelques secondes, il s'était déjà éclipsé.

Tandis qu'Hermès et Phaéton se préparaient à passer la nuit, une ombre se glissait plus haut à l'entrée de la caverne. Sans prendre le temps d'ouvrir la porte en soufflant à sa surface, elle se faufila par l'interstice du coin gauche et commença à descendre la galerie, effleurant à peine le sol de ses pieds pour faire le moins de bruit possible.

Elle allait vite. Très vite…

5

Des questions et des monstres

La chambre était encore plongée dans l'obscurité quand Phaéton se réveilla en sursaut. Une main étreignait fermement son épaule.

Il s'assit vivement et regarda autour de lui. Était-ce déjà l'aube ?

– Secoue-toi, mon garçon ! lui chuchota Hermès dans le creux de l'oreille. Et ne fais surtout aucun bruit ! Quelqu'un s'est introduit dans la grotte.

Il y eut alors un fracas épouvantable et on entendit une voix hurler depuis la forge.

– Reste ici ! dit Hermès, et il bondit hors de la chambre, empoignant au passage son caducée.

De nouveau Phaéton entendit un vacarme terrible, des bruits de lutte et de gamelles entrechoquées qui se répercutèrent de toutes parts à travers les galeries de la forge. Il se leva, et c'est alors seulement qu'il se rendit compte à quel point il tremblait : ses jambes le soutenaient à peine. Sans écouter sa peur qui lui criait de ne pas bouger, il prit la galerie qui conduisait à la grande salle centrale.

Moins rougeoyant que la veille, le bassin de lave jetait partout des lueurs pâles qui agrandissaient les ombres des établis et des marmites empilées. Dans cet immense fatras, Phaéton discernait des mouvements et des silhouettes, mais il n'en voyait pas plus. La pièce entière résonnait de bruits de pas et de rugissements de colère, parfois c'était un outil qui tombait à terre en tintant bruyamment, parfois une marmite qui se renversait. La course-poursuite acharnée que les dieux menaient contre le cambrioleur ressemblait davantage à un cyclone qui bouleversait tout sur son passage.

– Feux saints ! Il me glisse des mains !

– Contourne le bassin ! Il faut le prendre en étau !

Encore des bruits de course, et le silence. Le silence complet, tout à coup.

– Où est-il passé ? siffla Hermès, hors d'haleine. Je ne vois plus rien.

– Il se dirige vers la galerie de sortie ! Arrête-le, Hermès ! Je ne peux plus rien faire. Il va trop vite pour moi.

Phaéton vit une ombre jaillir dans les airs : faisant frétiller les ailes de ses sandales, Hermès survola un instant le bassin de lave puis, accélérant sa course, il fonça en direction de la galerie où s'engageait le voleur.

Le temps resta suspendu un long moment. Le bassin de lave ne bouillonnait plus. La forge tout entière était redevenue silencieuse, et Phaéton avait beau plisser les yeux, il ne distinguait plus rien. Héphaïstos lui-même semblait avoir disparu au milieu des établis et des tas de ferraille.

Un bruissement d'ailes : Hermès reparut du côté de la galerie principale et traversa les ténèbres. Une masse sombre se détacha de la nuit pour se diriger vers lui en levant les bras au ciel, et un cri de rage résonna alors dans toute la forge. Le voleur avait réussi à s'enfuir.

Sans se faire remarquer, Phaéton regagna sa chambre.

Quand il se réveilla le lendemain, le matelas de fumée sur lequel il avait dormi était si moelleux, si confortable, que l'incident de la nuit lui parut étrangement lointain, presque irréel, mais l'écho d'une conversation acheva de le ramener à la réalité. Il ouvrit les yeux et se rendit compte qu'il était seul dans la chambre.

Il se leva, revêtit sa tunique qu'il avait laissée la veille au bout de son lit et, se laissant guider par les voix, il rejoignit Héphaïstos et Hermès dans l'atelier des cyclopes. Les deux frères se tenaient face à une large étagère en fer sur laquelle Phaéton vit deux épais morceaux de métal creux, étirés en forme de zigzag. Pris par le feu de la conversation, les dieux avaient à peine remarqué son arrivée.

– Décidément, je n'y comprends rien, grogna Héphaïstos.

– Je croyais que seuls les Olympiens connaissaient le secret de ta porte, mais j'imagine mal un dieu jouer chez toi les cambrioleurs…

– Je n'en mettrais pas ma main au feu ! Je les connais, les Olympiens !

– Allons, Héphaïstos, ne mêle pas ta vieille paranoïa à cette histoire ! Il faut garder les idées claires et raisonner calmement.

– C'est ma *paranoïa* qui nous a sauvés. Sans ma ronde de minuit, qui sait ce qui se serait passé ? Le voleur a quand même réussi à prendre un des trois moules qui servent à façonner les éclairs.

– Tu veux dire…

– Je veux dire que le voleur possède maintenant de quoi fabriquer lui-même des éclairs.

– Crois-tu que ce soit si grave ? Après tout, tu es le seul à connaître la recette de l'alliage. Toi seul et les cyclopes.

– Hum, les cyclopes ! grommela Héphaïstos en faisant gonfler les muscles de ses bras. Je ne sais pas s'il faut encore leur faire confiance.

Sur le chemin du retour, Hermès demeura plongé dans ses réflexions. À ses côtés, Phaéton n'osait rompre le silence, mais il était si troublé par l'humeur changeante d'Héphaïstos, sa colère contre Arès ou ses doutes à propos des cyclopes, qu'il ne put s'empêcher d'en faire tout haut la remarque, tandis qu'il caressait Eoüs pour le féliciter d'avoir attendu toute la nuit devant l'entrée de la forge.

– Pour Arès, il a ses raisons, expliqua Hermès. C'est lui qu'il a surpris dans les bras de sa femme.

– Aphrodite et Arès sont amants ?

– Héphaïstos les a piégés avec un filet de métal qu'il a installé autour de leur lit. Travailler le fer comme si l'on tressait une corde, c'est un art qui demande une patience infinie : la colère est un aiguillon puissant ! Arès, le grand dieu de la guerre, s'est retrouvé piégé comme un vulgaire lapin pris au collet !

– Héphaïstos a pardonné à Aphrodite ?

– Crois-tu vraiment qu'il soit d'humeur à pardonner ? Aphrodite n'est plus jamais revenue en Sicile, et j'ai même entendu dire qu'Arès a mis un terme à leur liaison. Voilà où en est toute l'affaire, et je n'en sais pas davantage. Je te laisse, à présent. Je dois faire vite, s'il faut retrouver les cyclopes avant leur départ. Fais bonne route !

Hermès s'envola sans attendre, et Phaéton sauta sur Eoüs pour partir de son côté.

La nuit avait été très agitée, et Phaéton somnolait à moitié sur sa monture quand il aperçut au loin une sorte d'étoile filante traverser le ciel à toute vitesse. Il se redressa aussitôt : cet oiseau de feu dont il devinait les ailes, ce ne pouvait être que Pyroïs, un des chevaux les plus vifs de l'écurie de son père. Et qui pouvait le monter à cette heure, sinon Apollon lui-même ?

Phaéton saisit les brides et, talonnant Eoüs à toute force, il prit son père en chasse. Le ciel par ici se parsemait de légers filaments de nuages immobiles qui limitaient la portée du regard et gênaient un peu la course. Heureusement Apollon avait lui aussi repéré son fils à distance et s'était décidé à l'attendre au-dessus de la Crète.

– C'est bien toi, Phaéton ! dit Apollon avec un air évident de soulagement. Je m'inquiétais de ne pas te voir rentrer hier soir…

– J'ai passé la nuit chez Héphaïstos.

– Bien, bien ! Il faut que tu me racontes tout. Descendons !

Apollon fit un piqué en direction d'un vaste labyrinthe de pierre dont les vestiges croulaient au cœur de l'île. Voilà des centaines d'années, le Minotaure était encore la terreur de toute la région, et l'on n'entendait jamais sans frémir ces effroyables mugissements dont les échos parvenaient parfois jusqu'aux côtes de Grèce ou d'Afrique. À présent le labyrinthe n'était plus qu'un lieu désert et abandonné, inutile depuis que le monstre à tête de taureau avait été tué : les murs commençaient à s'ébouler et les couloirs vides suintaient la désolation. Pourtant le lieu n'avait rien perdu de son pouvoir de fascination, et il n'était pas rare que des enfants des environs entreprennent de s'en approcher par jeu ou par défi, incapables d'en franchir la porte, tant le dédale respirait encore la mort et la peur.

Apollon et Phaéton atterrirent au centre du labyrinthe, au sommet d'un mur encore épargné par la ruine, et le jeune homme fit à son père le récit détaillé de ce qui s'était passé dans la forge du volcan. Apollon n'y prêta qu'une attention distraite, mais son intérêt se réveilla brusquement quand son fils parla du cambriolage.

– Vraiment, dit-il en fronçant ses sourcils blonds, il se passe des événements bien curieux ces derniers jours.

– Vous pensez qu'il y a un lien entre le meurtre de la Pythie et ce qui s'est produit chez votre frère ?

– Je l'ignore, mon fils. Je suis retourné à Delphes ce matin, pour approfondir mes recherches et interroger plus sérieusement les parents de la pauvre Délia. Mais j'ai perdu mon temps. Les deux vieillards ne savaient rien, je les ai même trouvés étrangement soupçonneux, comme s'ils se défiaient de moi.

Il laissa tomber ses yeux sur le vaste réseau de pierres qui s'étendait tout autour d'eux.

– Le labyrinthe ! dit-il avec un peu d'amertume. Finalement, j'en suis au même point que les malheureux qu'on enfermait dans le dédale pour servir de pâture au Minotaure ! Incapable de savoir où il faut avancer pour trouver la sortie, avec la peur de tomber à chaque pas sur le monstre…

– Le *monstre ?* Vous pensez à l'ogre dont la Pythie a parlé dans son oracle ?

Apollon hocha la tête :

– C'est ce qui m'inquiète le plus. Quelle est cette catastrophe qui nous menace ? Quel est cet ogre dont nous devons craindre le réveil dans six jours ?

Il resta pensif un moment, puis il changea brutalement de sujet :

– À propos de Lithipe, je me demande si ce pauvre vieux ne vit pas encore.

– Après tant d'années ?

– Héra, Aphrodite et d'autres déesses se sont entendues autrefois pour lui accorder une très longue vie, mais c'est un cadeau qui n'était pas désintéressé : Lithipe est le gardien d'une des plus belles carrières du monde, et les pierres précieuses qu'il sait en tirer sont sans pareilles.

– Je pourrais lui rendre visite, proposa Phaéton avec fougue. Peut-être se souviendra-t-il de la personne qui a commandé le pendentif…

– Fais comme bon te semble ! Mais j'ai bien peur que cela n'ait pas vraiment d'importance. De mon côté, je me rends à un banquet que donne Héra sur l'Olympe. Cela en étonnera plus d'un, car il y a bien longtemps qu'on ne m'y a pas aperçu, mais j'espère vérifier là-bas certains de mes soupçons.

Apollon n'en dit pas davantage : il adressa à son fils un bref geste de la main et, cinglant Pyroïs, il regagna les airs en toute hâte.

Phaéton le regarda s'éloigner sans bouger. Il savait au fond que le pendentif de la Pythie avait un maigre intérêt, et que son père l'en avait chargé pour le distraire de son ennui, et pourtant il n'avait qu'un désir : aller au bout de la tâche qu'il lui avait confiée pour ne pas le décevoir.

Il ignorait à quel point sa rencontre avec Lithipe serait décisive.

6

Le sang dans les yeux

Retardé par la conversation qu'il avait eue avec son fils, Apollon arriva dans le grand salon de l'Olympe au moment où de nombreux convives s'étaient déjà mollement installés sur les poufs et les banquettes de cumulus.

L'ensemble du salon baignait dans une atmosphère moelleuse et vaporeuse, accentuée par les effilochures de nuages qui restaient en suspension et dérivaient parfois d'un fauteuil à l'autre. Pourtant, l'ambiance paraissait glaciale : regroupés en clans serrés, les convives gardaient le front bas et chuchotaient en jetant à la ronde des regards méfiants. Seule Aphrodite folâtrait d'un groupe à l'autre en poussant de grands cris qui faisaient lever les têtes, et elle ne cessait d'adresser à Arès des œillades qu'il feignait d'ignorer. On était bien loin des fêtes animées et excentriques que l'Olympe avait connues aux temps d'autrefois, juste après la Guerre Blanche et le couronnement de Zeus : avec les siècles, les inimitiés qui s'étaient tues pendant le conflit avaient fini par renaître et semer de nouveau leur lot habituel de discordes, et Apollon se félicita une fois encore d'avoir élu domicile loin de ce nid de vipères.

Quelqu'un lui sauta au cou en l'embrassant.

– Apollon ! C'est si bon de te revoir parmi nous !

C'était Artémis, sa sœur jumelle. Il ne l'avait pas vue depuis des mois, et jamais elle ne lui avait semblé aussi charmante, avec ses grosses pommettes rose pâle, et sa couronne de feuillage piquée de plumes de rouges-gorges.

Malheureusement, ils ne purent profiter davantage de leurs retrouvailles, car le cortège fantasque des Muses surgit aussitôt en poussant de petits cris aigus, et sans aucune considération pour les convives qu'elles bousculaient au passage. Les premières arrivées lui sautèrent au cou pour lui appliquer de petits baisers rapides sur la nuque, tremper ses joues de larmes ou lui mordiller le lobe de l'oreille en lui susurrant une chanson douce. Deux autres firent la ronde autour de lui, tandis que les dernières embrassaient ses poignets avec une fougue presque guerrière, ou se frottaient à ses genoux en déclamant tour à tour des vers tendres et des déclarations d'amour enflammées.

Apollon ne connaissait que trop les insatiables lubies de ces neuf têtes folles, puisqu'il était tout autant leur demi-frère que leur parrain. Il subissait depuis longtemps leur adoration excessive, mais il n'avait toujours pas trouvé le moyen de résister à leurs assauts. Son crâne s'emplit de bourdonnements qui laissaient présager une puissante migraine et, surcroît de honte, il sentit peser sur lui les regards des autres invités.

– Les filles, voyons ! intervint la vieille Mnémosyne en leur assenant de petits coups de canne sur les mains et les épaules. Laissez votre parrain respirer !

La petite voix chevrotante de leur mère s'était à peine élevée que déjà les Muses reculaient un peu, le visage voilé de confusion. Il y eut un moment de brusque accalmie, mais les neuf sœurs se mirent tout à coup à pousser de petits piaillements, et elles quittèrent les lieux avec des sautillements de perruches effarouchées.

Mnémosyne s'approcha d'Apollon et prit sa main droite qu'elle enferma tendrement dans ses deux paumes.

– Excuse-les, Apollon ! Elles te voient si rarement...

– Je sais, je sais ! marmonna le dieu solaire, contrarié d'avoir à rendre des comptes. Mais ce n'est pas ce genre d'accueil qui m'encouragera à revenir de sitôt.

– Ne sois pas injuste avec elles ! Elles sont si jeunes encore, et elles ne peuvent compter sur personne ici pour leur apprendre les bonnes manières. Je suis trop vieille, et Zeus... Zeus est toujours très occupé...

– Très occupé, en effet ! remarqua Apollon en cherchant son père du regard. Il n'a même pas daigné venir au banquet.

– On dit qu'il se sent trop faible pour quitter son lit.

– Trop faible, vraiment ? s'exclama Apollon d'un ton railleur.

Mnémosyne ignora sa remarque, sa pensée revenait déjà à ses filles :

– Les pauvres chéries… Elles me mettent à l'écart de tout et ne me disent jamais rien… Les deux aînées ont un peu de sagesse, mais les autres… les autres… Tiens, hier encore, j'ai appris que cette étourdie d'Uranie s'est mis en tête de réunir la Grande et la Petite Ourse en une seule constellation, et elle veut séduire les plus grands astronomes de Grèce pour…

Apollon n'écoutait plus : il songeait qu'en effet, les aînées venaient à l'instant de montrer toute l'étendue de leur sagesse en lui hurlant des vers ridicules devant tout le monde et en laissant sur son avant-bras de belles marques de suçons ! Des picotements d'impatience lui couraient sur la nuque : il avait un immense respect pour Mnémosyne, l'une des plus vieilles divinités et presque la seule Titanide à avoir été épargnée par Zeus à l'issue de la Guerre Blanche, mais il n'était pas venu ici pour perdre son temps en bavardages ! Il parvint à abréger l'intarissable monologue de son aïeule en posant une main sur son épaule.

– Il faut que tu m'excuses, dit-il en souriant avec un faux air de politesse. Je dois aller saluer mon père avant que la fête ne batte son plein.

– Bien sûr, bien sûr. Ne t'en fais pas pour moi, Apollon ! Nous en reparlerons à ton retour.

Apollon ne jugea pas utile de répondre et s'empressa de prendre la fuite.

Les appartements de Zeus se trouvaient dans un coin retiré de l'Olympe, et l'on n'y accédait qu'après un dédale de nuages parfois tellement sombres qu'il fallait les traverser à tâtons. Apollon n'aimait pas les pénombres, il s'y sentait toujours en danger. Aussi allongea-t-il le pas et, après avoir rapidement traversé le nimbo-stratus qui faisait office de porte, il entra chez son père.

La pièce n'avait guère l'allure d'une chambre de malade. Langoureusement assis dans un fauteuil de nimbus, Zeus se laissait masser par deux superbes servantes dont les mains s'entrecroisaient sur ses larges épaules. Il conversait avec Hermès, allongé en travers du lit et enfoncé dans un amoncellement de nuages blancs qui lui servaient de coussins. Tous deux étaient si absorbés par leur conversation qu'ils sursautèrent en voyant entrer Apollon.

– Sacrevent ! C'est bien toi, mon fils ?

Saisi par l'émotion, Zeus voulut se lever pour aller à la rencontre d'Apollon, mais ses pieds s'empêtrèrent dans un pan de son drapé : déséquilibré, il moulina l'air de ses bras avant de retomber lourdement dans son fauteuil où il se livra de nouveau aux mains expertes de ses servantes.

Apollon haussa les épaules, et Hermès lui adressa un clin d'œil complice :

– Eh bien, grand frère ! Tu nous fais vivre un grand jour : tes visites sont tellement rares…

Apollon était sur le point de répondre, mais Zeus l'interrompit avec un air de gravité qui ne lui était pas coutumier :

– Allons, Hermès ! L'heure n'est pas aux plaisanteries, tu le sais bien.

Apollon scruta longuement le visage soucieux de son père, puis celui d'Hermès.

– Vous parliez des cyclopes, n'est-ce pas ?

– On ne peut rien te cacher, répondit son père avec humeur. Ton frère me racontait la conversation qu'il a eue avec eux.

– La *conversation*, c'est beaucoup dire ! s'exclama Hermès avec un demi-sourire. Ils étaient aussi peu loquaces que d'ordinaire. J'ai même dû parlementer longtemps avant qu'ils acceptent de sortir de la grotte où ils s'étaient dissimulés. J'ai l'impression qu'ils avaient honte de parler. Honte, et peut-être peur…

– Mais qu'est-ce qui pourrait effrayer ces colosses ?

– Ils ont parlé de bruits… de bruits colportés par la terre. Je n'y ai rien compris. Je sais seulement qu'ils prévoient de quitter la Sicile d'ici deux ou trois jours.

Zeus se releva d'un bond en poussant un soupir de dépit :

– Et que vais-je faire en attendant, moi ? Voilà des semaines que j'économise mes derniers éclairs, et il paraît qu'*en bas* on se plaint de ne pas avoir vu un seul orage depuis le début de l'été !

Il se dirigea vers un coin de la chambre où se trouvait une spirale de nuages noirs qui tourbillonnaient sur eux-mêmes à la manière d'un cyclone au ralenti. Il y enfonça le bras gauche et en sortit un éclair d'une lumière presque aveuglante.

– Regardez ! Il ne m'en reste plus qu'un. Un seul ! C'est une véritable tragédie !

Brandissant l'éclair pour le replonger dans le porte-foudre, il le lança de toutes ses forces, mais visa à côté : l'éclair ricocha contre le mur de cumulus, puis aux quatre coins de la chambre en jetant des étincelles de tous côtés. Les deux frères baissèrent la tête pour l'éviter pendant que Zeus courait s'abriter sous son lit. Après un dernier rebond, l'éclair alla s'enfoncer dans le sol nuageux et fusa dans le ciel en sifflant. Deux ou trois secondes plus tard, il entrait en contact avec la terre dans un grand bruit d'explosion.

– Eh bien, voilà ! conclut Zeus, en rejoignant son fauteuil d'un pas rageur, sans aucun égard pour les humains dont la foudre avait sûrement détruit la maison. Désormais tout le monde pourra dire que le roi des dieux est complètement nu. Je n'ai plus qu'à attendre le bon vouloir des cyclopes !

Il y eut alors un bruissement léger comme un nuage chassé par les vents, et Héra entra par une porte dérobée. Zeus se renfrogna dans son fauteuil, en marmonnant entre ses poings :

– Décidément, cette chambre est un vrai moulin ! Pas moyen d'être tranquille !

– Ne sois pas blessant ! répliqua son épouse en lissant ses cheveux ébouriffés. J'aimerais beaucoup que tu épargnes à *tes* fils le spectacle d'une nouvelle scène de ménage.

Apollon retint un sourire : loin de le choquer, le dédain que sa belle-mère affichait envers les enfants illégitimes de son mari l'amusait plutôt.

Héra ajusta les plis de sa robe et se dirigea vers son époux. C'est alors seulement qu'elle parut remarquer les masseuses qui s'activaient autour de lui.

– Mais je te dérange, visiblement ! insinua-t-elle avec aigreur. Tu te prépares sans doute pour une belle occasion.

– Je ne vois pas de quoi tu parles, rétorqua Zeus en rougissant. Ce sont mes vieilles cicatrices qui me font souffrir, et je me fais simplement appliquer un baume conçu par ce cher Asclépios.

Pour preuve de sa bonne foi, il montra deux grandes griffures qui lui barraient les épaules : on aurait dit deux grosses veines palpitantes où le sang bouillonnait.

– Asclépios est assez inquiet pour me déconseiller tout effort physique, et je n'ai pas quitté cette chambre depuis des jours.

Héra sembla se radoucir.

– Mon pauvre chéri, te voilà déjà accablé par le poids des siècles, dit-elle avec une sollicitude un peu forcée, et elle se précipita sur Zeus pour lui appliquer un baiser sur le front.

Peu habitué à ces élans de tendresse, le dieu sursauta si fort qu'il fit tomber sa couronne. Il grimaça un peu, se frotta le cou comme s'il se sentait embarrassé, puis son visage se détendit et il se mit à rêvasser au rythme du massage que lui prodiguaient les servantes.

Héra eut un petit rire aigrelet qui résonna étrangement sous le haut plafond de nuages.

– Allons, je te laisse ! On m'attend au banquet. Quel dommage que tu ne puisses pas nous y rejoindre !

Avant de franchir le nimbo-stratus, elle pivota vers ses deux beaux-fils.

– Et vous autres, laissez votre père se reposer ! Je vous attends au grand salon.

Zeus leva les bras en signe d'impuissance, et ses fils furent contraints d'obéir.

Arrivée au salon, Héra fut accueillie par ses invités avec de grands cris de satisfaction, et dès cet instant elle se montra la plus charmante des hôtesses. Apollon et Hermès la regardèrent se mêler à la foule et passer d'un groupe à l'autre en tâchant d'avoir un mot aimable pour chacun.

– Incroyable ! chuchota Hermès à l'oreille de son frère. On dirait qu'elle a enfin lu le *Manuel de la parfaite maîtresse de maison*. Moi qui pensais que ce livre moisissait sous son lit depuis des millénaires !

La fête paraissait de plus en plus animée. Les serveurs couraient d'un groupe à l'autre pour remplir les coupes de nectar, et se précipitaient aux cuisines pour y chercher de nouvelles amphores. Au centre du salon, un groupe plus agité avait installé une énorme cuve de vin où l'on venait puiser en s'interpellant d'une voix grasse. On trinquait violemment et des éclaboussures sautaient partout, mouchetant les étoffes et les coussins. Choqués par ces débordements, certains convives se préparaient au départ, et un peu plus loin Aphrodite retenait son jeune fils par un bras pour l'empêcher de se joindre aux fêtards.

– Il y a de la passion dans l'air ! criait Éros avec un ricanement vicieux. Il est temps de décocher une ou deux flèches !

– Imbécile ! siffla sa mère. Tu sais bien que tu as perdu ton carquois la semaine dernière.

Apollon se pinça les lèvres. Bousculé, écœuré par l'odeur d'alcool qui montait autour de lui, il s'apprêtait à partir lui aussi quand une goutte de vin lui sauta dans les yeux. Tout devint brutalement rouge, et sa tête se mit à tourner avec violence. Il allait s'effondrer quand Hermès se précipita et l'aida à s'asseoir dans le fauteuil le plus proche. Artémis arriva à son tour, tenant une serviette humide qu'elle déposa sur le front de son jumeau, mais l'état d'Apollon était loin de s'améliorer : ce qu'il voyait était flou, noyé dans un brouillard rouge où tous les détails étaient grossis et déformés. Il lui semblait qu'un rideau de sang s'était abattu sur le salon.

Quelque chose se vrilla dans son ventre. Il poussa

un hurlement, et la fête s'interrompit. Même les plus ivres s'immobilisèrent, la coupe au bord des lèvres, et le sourire se figea sur les lèvres d'Héra. Asclépios joua des coudes pour se rapprocher.

– Père ! s'écria-t-il d'une voix blanche. Que se passe-t-il ?

Affolé, il se pencha sur Apollon pour tenter de l'ausculter, mais encore une fois la douleur revint sans prévenir, irradiant dans tout le corps de son père. Il passa la main sur son visage, et quelque chose de poisseux se colla à ses doigts. Il ouvrit les yeux. Ce n'était pas du vin, c'était du sang !

À travers la douleur, Apollon comprit soudain ce qui lui arrivait : une vision. Une vision terrible. Il se redressa et, cherchant Hermès du regard, il se mit à crier dans un sursaut de terreur :

– C'est mon fils ! Phaéton est en danger !

Et il s'affaissa dans le fauteuil, inanimé.

De ses yeux grands ouverts s'écoula un sang épais qui fit deux longues rayures rouges sur ses joues.

7

Le tueur et l'aveugle

L'entrée des mines n'était pas difficile à repérer, à condition de survoler la région d'assez près pour apercevoir au bon moment l'étroite dépression qu'elle formait au milieu des dunes. Phaéton atterrit à la limite du cratère, mit pied à terre et avisa un escalier sommaire creusé dans les arêtes de pierre qui affleuraient entre les mottes de sable. Ces marches malhabiles avaient été si bien chauffées par le soleil qu'il en sentait la brûlure à travers ses sandales ; elles menaient à une longue galerie rudimentaire qui ouvrait, plus bas, sur une salle circulaire d'où partaient quantité d'autres galeries : l'atelier de Lithipe ressemblait à un cœur dont les artères allaient puiser de toutes parts dans les profondes réserves de diamant ou de rubis.

Il faisait très sombre. La seule lumière provenait d'un globe de cristal rempli de pierres scintillantes posé au centre d'une grande table en bois.

Assis sur un haut tabouret, un homme vêtu d'une

robe noire se tenait penché sur la table, occupé à tailler une minuscule pierre verte. Il leva la tête en entendant arriver Phaéton et l'interpella d'une voix caverneuse :

– Entre donc ! Ne reste pas planté là !

Phaéton restait immobile, fasciné par le visage effroyablement ridé de Lithipe : tendue sur l'os saillant des pommettes, la peau se craquelait comme une terre asséchée, mais ailleurs, au coin des yeux ou à la base du cou, elle se ramassait en plis innombrables semblables à des boursouflures. Seuls les yeux arrivaient à surnager dans ce visage presque inhumain, deux yeux complètement noirs et privés de paupières.

– Je fais toujours cet effet-là aux nouveaux venus. Tu ne t'attendais pas à ce que je sois aveugle, n'est-ce pas ?

– Mon père… Apollon ne m'avait pas prévenu…

– C'est le résultat de longues décennies passées sous terre. Ma seule source de lumière, ce sont mes pierres précieuses, et les yeux s'usent vite dans cette obscurité.

Il s'interrompit et sortit d'un tiroir une pince minuscule dont il se servit pour détacher un grain de l'émeraude.

– Allons, viens t'asseoir, fils d'Apollon ! Laisse-moi terminer ce travail, et je serai tout à toi !

Phaéton prit un tabouret et s'installa près du vieillard. La table était recouverte d'outils rangés avec un soin irréprochable. Tout respirait le respect et l'amour d'un métier exigeant.

Lithipe fixa sur lui ses yeux éteints, comme s'il pouvait le voir vraiment, puis il se pencha de nouveau sur la gemme qu'il tenait entre le pouce et l'index.

– C'est une commande d'Aphrodite, expliqua-t-il. Une rivière d'émeraudes. Je dois travailler jour et nuit pour être prêt avant la fête à laquelle elle veut paraître.

– Vous êtes seul à travailler ici ?

– Les dieux n'accordent pas si facilement leur confiance aux humains, et rares sont les élus qui ont reçu l'honneur de travailler pour eux. C'est à moi seul que revient la tâche d'exploiter ces carrières souterraines, de creuser, d'extraire les gemmes les plus précieuses, puis de les tailler et de les monter en collier, en sautoir ou en diadème. Je suis à la fois mineur, bijoutier et joaillier.

Phaéton demeurait silencieux, regardant avec une admiration croissante le travail de Lithipe. Malgré sa cécité, le vieillard faisait marcher ses doigts avec une dextérité, une assurance dont les meilleurs orfèvres sur terre auraient été bien incapables.

D'un autre tiroir, il extirpa un petit sac de toile dont il renversa le contenu sur la table, et son visage s'illumina de l'éclat des émeraudes. Il les prit une à une, les soupesant, les tâtant sur toute leur surface, les rapprochant de ses yeux comme s'il voulait les examiner de près.

– Peuh ! Celle-ci a un crapaud !

– Un crapaud ? demanda Phaéton en se penchant.

– Oui, un défaut. Une petite fêlure à l'intérieur. Regarde !

Le jeune homme prit la pierre en question, mais il eut beau la retourner dans tous les sens, elle lui paraissait parfaitement identique à toutes celles que Lithipe avait étalées sur la table. Il avoua son incompréhension.

– C'est normal, répondit le vieillard. Le crapaud est si petit qu'il te faudrait une loupe. Mais il n'en gâche pas moins toute la beauté de la pierre.

– Mais vous… comment faites-vous pour… le voir ?

– Une simple question de vibration. Tiens ! Je te la donne. C'est une indignité pour les dieux, mais pour un humain, elle a tout de même une grande valeur.

Gêné par ce présent qu'il ne pensait pas mériter, Phaéton bredouilla un remerciement, mais il laissa la pierre sur un coin de la table sans oser y toucher.

Déjà l'artisan avait choisi une nouvelle émeraude qu'il s'attelait à tailler.

– Mais je parle trop ! Explique-moi ce que je peux faire pour toi.

Phaéton exposa les raisons de sa visite et mit entre les mains de Lithipe le pendentif de la Pythie. L'orfèvre l'examina longuement en retenant sa respiration.

– C'est une pierre très rare. Et tout à fait exceptionnelle. C'est d'ailleurs moins une pierre qu'une amulette.

– Une amulette ?

– Un objet sacré qui assure à un humain la protection d'un dieu… Ah ! Je me souviens maintenant !

Phaéton sentit son cœur faire un bond : enfin il allait savoir !

– Un dieu… une déesse plutôt m'en avait passé commande. Mais c'était il y a bien longtemps : à l'époque je n'étais chargé que de l'extraction des pierres, et c'est Héphaïstos qui les taillait ensuite. Tout est différent aujourd'hui : Héphaïstos ne peut se charger de travaux aussi minutieux, et c'est moi qui le remplace.

– C'est étrange, intervint Phaéton. Je lui ai rendu visite hier, mais il semblait avoir presque tout oublié.

– Ah, jeune homme ! s'exclama Lithipe avec un air de mélancolie. Les dieux sont si âgés que la mémoire leur fait souvent défaut. Heureusement qu'ils ont avec eux la vieille Mnémosyne, la gardienne de leurs souvenirs. Sans elle, ce serait comme s'ils n'avaient rien vécu. Quant à moi, mes trois cents ans sont peu de chose en comparaison, et je n'ai rien d'autre à faire ici que ressasser mes souvenirs de jeunesse…

Le vieil artisan fut interrompu par un petit bruit en provenance de l'entrée de la galerie. On aurait dit le chuchotement que fait le sable quand le vent le soulève, et quelques petites pierres vinrent s'ébouler jusqu'à l'entrée de l'atelier.

– Quelqu'un t'a accompagné ? demanda Lithipe en redressant la tête.

– Non… Non, je suis seul.

Lithipe tendit l'oreille une longue minute, les sourcils froncés, puis il reprit son travail en haussant les épaules.

– Je dois me faire des idées. Deux visiteurs en une journée, c'est bien plus que je ne pourrais jamais espérer. Une bourrasque a dû se lever là-haut, il vaudrait sans doute mieux que tu partes avant d'être pris par la tempête.

Phaéton rangea le pendentif dans une poche de sa tunique, mais il resta assis. Il se sentait mal à l'aise, tout à coup. L'air s'était refroidi, et instinctivement il s'était rapproché du globe de cristal posé sur la table, comme si la lumière des gemmes pouvait le réchauffer un peu.

– Et cette déesse ? demanda-t-il, reprenant le fil de la conversation. Celle qui voulait le pendentif…

Lithipe s'apprêtait à ouvrir la bouche, mais au même instant l'air parut se brouiller autour de lui, comme au passage d'une ombre, et un poignard fendit l'air. La tunique du joaillier se tacha de sang, sa bouche s'ouvrit, il porta la main à sa poitrine comme s'il ne comprenait pas ce qui lui arrivait, puis il s'écroula.

Phaéton se précipita vers lui. Le pauvre homme était mort.

Il se releva, prêt à parer à une nouvelle attaque, mais l'atelier était vide. Il sentait une présence tout près de lui, une présence menaçante et invisible, et pourtant il avait beau se retourner, se baisser pour regarder sous la table, il ne voyait rien.

Tout à coup, un tourbillon d'air glacé l'enveloppa, comme si la surface d'un lac gelé avait cédé sous ses pas. De brusques coups de vent se soulevèrent dans l'atelier, emportant tout sur leur passage : les pierres et les outils posés sur la table s'envolèrent dans toutes les directions et s'écrasèrent contre les murs avec un fracas épouvantable. S'agrippant à la table, Phaéton luttait de toutes ses forces pour ne pas se laisser emporter par la tornade, mais le vent soufflait de plus en plus fort et faisait vibrer le sol comme à l'approche d'un tremblement de terre. Le plafond commençait à s'effriter, laissant tomber partout des morceaux de pierre et de terre séchée. Phaéton sentait qu'il ne résisterait pas longtemps ; déjà ses doigts glissaient sur le rebord de bois.

Ce fut la table qui céda la première. Il y eut un craquement terrible, et les chevrons qui la clouaient au sol se tordirent et se déchirèrent, laissant le meuble voler à l'autre bout de la pièce. Phaéton fut projeté avec une violence inouïe contre un mur, et s'effondra, presque assommé.

À cet instant, le vent tomba aussi vite qu'il s'était

levé, les tremblements qui avaient agité la salle s'apaisèrent : le calme était revenu. Mais au moment où Phaéton se croyait sauvé, quelque chose apparut face à lui, à trois pas seulement : deux ailes immenses qui s'étiraient d'une extrémité à l'autre de l'atelier, et au milieu, un visage bleuâtre hanté par un rictus de haine.

Cela ne dura que le temps d'un éclair, car aussitôt l'ombre se jeta sur lui de toute la force de ses ailes interminables, et il sentit une violente brûlure dans sa poitrine.

8

Le poing serré

Longtemps il y eut des rêves terribles, des visions d'épouvante. Des perles de sang sur une table, un brouillard invisible, une volée de plumes, un poing qui se ferme et qu'on essaie de desserrer, les pointes brûlantes d'une étoile – toutes ces images sortaient de la nuit en tournoyant à une vitesse insensée, elles se superposaient les unes aux autres, et dans ce tourbillon, l'aile d'Eoüs prenait la forme d'un poignard, les yeux vides de la Pythie devenaient deux galeries souterraines aux murs couverts de bronze.

Puis tout disparaissait, les images étaient emportées dans une immense marée. La nuit était là, elle aurait pu ne jamais cesser, et les images finissaient quand même par revenir, le vertige reprenait. Des bruits montaient avec la violence d'un orage : les sifflements hystériques d'une tornade, une cavalcade effrénée, des hennissements, le tintement d'une aiguille sur un plateau d'argent. Les cauchemars n'avaient pas de fin, chacun d'eux rapprochait Phaéton de la folie et de la mort.

Mais Phaéton ne mourut pas.

Lorsqu'il parvint à ouvrir les yeux après deux jours entiers passés dans les abîmes, il comprit qu'il avait survécu. Il était allongé dans sa chambre, les tentures brodées d'or distillaient dans la pièce une lumière tamisée.

Il se redressa maladroitement et aperçut une silhouette près de lui : assis à son chevet, Asclépios ne le lâchait pas des yeux. Phaéton voulut lui parler, mais sa bouche avait du mal à s'ouvrir, et c'est son demi-frère qui prit la parole à sa place :

– Tout va bien, Phaéton ! Tout va bien.

Sa voix était lointaine, comme venue de l'autre bout du monde. Phaéton sentit qu'on lui prenait le bras pour en tâter le pouls.

– C'est incroyable, cette main que tu gardes serrée : on dirait que tu t'agrippes à quelque chose.

Il tenta de décrisper les doigts de son frère pour lui permettre de se détendre complètement. Du fond de sa nuit, Phaéton aurait voulu lui dire que c'était inutile, que lui-même n'y arrivait pas, mais l'épuisement mâchait ses mots et avant même qu'il s'en rende compte, il sombrait de nouveau dans les ténèbres…

Une autre nuit passa. Quand il rouvrit les yeux, Apollon avait pris la place d'Asclépios.

– Tu m'as fait peur, Phaéton, dit-il en posant une main tremblante sur l'épaule de son fils.

– Nous avons *tous* eu très peur, rectifia Asclépios, debout dans l'encadrement de la porte.

– Je te dois beaucoup, Asclépios, dit Phaéton.

– Tu me dois seulement une nuit. La blessure n'était pas si grave, même si le cœur n'a été évité que de justesse, et une petite nuit m'a suffi pour guérir la plaie.

Après les souffrances qui avaient accompagné la cohorte de ses cauchemars, Phaéton avait en effet l'impression de ne presque plus rien sentir.

– Comment va-t-il récupérer ? demanda Apollon.

– C'est un garçon vigoureux, il se remettra vite.

Asclépios tendit un doigt vers un guéridon d'argent sur lequel étaient posées une pile de compresses blanches et une petite urne ronde.

– Avec cet onguent, la peau sera bientôt parfaitement régénérée, et d'ici trois ou quatre jours je pourrai enfin partir d'ici.

Apollon leva la tête, comme s'il venait de recevoir une gifle. Mais avant même qu'il ait pu dire un mot, Asclépios était déjà sorti. La lumière des murs palpitait violemment, comme si la chambre elle-même réagissait à la tension qui s'était dressée entre les deux Olympiens.

Apollon poussa un bref soupir et se pencha de nouveau vers Phaéton.

– Il vaudrait sans doute mieux que je te laisse récupérer, mais il faut qu'on parle. Je te dois quelques explications.

Il résuma à son fils les derniers événements : son étourdissement pendant le banquet, la vision sanglante qui l'avait frappé devant tous les Olympiens, l'aide d'Asclépios et d'Hermès, et la course folle qui les avaient menés tous trois jusqu'aux carrières de la mer Rouge.

– Je me demande encore comment nous avons eu la chance d'arriver à temps : quelques minutes de plus, et le tueur t'aurait achevé.

– Vous l'avez vu ?

Apollon secoua la tête.

– Il a dû fuir juste avant que nous n'entrions dans l'atelier. Lithipe était mort. Nous nous sommes chargés de lui rendre les derniers hommages, puisqu'il n'avait plus ni famille ni amis depuis très longtemps.

– Et son atelier ?

– Il n'en reste que des miettes. Ses collections de pierres précieuses, son établi, les outils qu'il avait fabriqués lui-même, nous n'avons rien pu sauver. Rien n'a été épargné. Rien ! Et c'est pire encore pour les mines : toutes les galeries se sont effondrées. Les carrières de diamants ont été entièrement ensevelies.

– Pauvre Lithipe ! Que reste-t-il de toutes ces années qu'il a sacrifiées à la coquetterie des déesses ?

– Tu es bien le seul à t'apitoyer sur son sort ! Aphrodite et les autres auront vite fait de lui trouver un remplaçant. Dis-moi plutôt ce qui s'est passé dans l'atelier.

Phaéton obtempéra en tâchant de n'omettre aucun détail, et tandis qu'il parlait, le visage de son père se tendait d'une lumière plus vive.

– Décidément, conclut Apollon, quelqu'un cherche systématiquement à nous barrer la route ! D'abord la Pythie qu'on a voulu réduire au silence, et maintenant Lithipe…

– Mais pourquoi s'en prendre à lui ? Ce n'était qu'un vieillard solitaire, oublié de tous.

– Le pendentif… On dirait que ce bijou a plus d'importance que je ne le pensais. S'il s'agit bien d'une amulette, la déesse qui le possédait en a fait cadeau à la Pythie parce qu'elle craignait pour sa vie. C'est cette déesse qu'il nous faut retrouver au plus vite, car elle en sait sans doute beaucoup plus que nous sur le meurtre.

Phaéton hocha la tête, mais une autre question lui brûlait déjà les lèvres :

– Qui a fait ça, père ? Qui a pu commettre ces deux meurtres et provoquer de tels dégâts dans les carrières de Lithipe ?

Apollon parut hésiter et il regarda son fils dans les yeux.

– Permets-moi de ne pas répondre à ta question, mon fils. Je ne voudrais pas te mentir…

Phaéton se redressa pour protester, mais ce geste trop brusque provoqua un élancement dans sa poitrine et il ne put retenir une grimace de souffrance. Il pressa la main gauche contre son cœur pour faire taire la douleur, tandis qu'Apollon le regardait avec émotion.

– Je m'en veux de t'avoir parlé de tout ça. Ce n'était pas très raisonnable.

– Père, reprit Phaéton en serrant les dents, vous le savez, n'est-ce pas ? Vous savez qui a tué Lithipe et la Pythie ?

– Je pense le savoir, en effet. Et si j'en crois Hermès, tu peux ajouter le cambriolage au nombre de ses crimes. Quelque chose est à l'œuvre, mon fils. Quelque chose de terrible qui nous dépasse encore complètement, et j'aimerais t'en protéger.

– Me protéger ?

– Je veux que tu restes à l'écart de toute cette histoire, désormais. Je me reproche assez les risques que je t'ai fait courir sans le savoir, ces derniers jours.

Phaéton voulut répliquer, mais son père ne lui en laissa pas le temps.

– De toute façon, tu as encore trois ou quatre jours de convalescence devant toi, Asclépios l'a exigé, et nous n'avons pas le temps d'attendre.

Phaéton ne savait que dire : son père avait déjà trouvé tous les arguments pour le réduire au silence.

– D'ailleurs ton frère m'a promis qu'il resterait au palais pour veiller sur toi.

– Vous partez ?

– Je pars dès maintenant, oui. Il n'est peut-être pas trop tard pour arrêter le meurtrier avant qu'il ne provoque la catastrophe annoncée par la prophétie. J'en profiterai pour faire un détour par Delphes, où je dois désigner une nouvelle Pythie, et je ferai une halte en Sicile : si les cyclopes y sont encore, je ne désespère pas de les convaincre de revenir à la forge.

Il se leva et gagna la porte.

– Je serai sans doute de retour demain soir. D'ici là, prends bien soin de toi !

Phaéton se retrouva seul, avec le sentiment d'avoir été trahi.

Il écarta le drap filé d'or, souleva la compresse et jeta un œil à l'entaille qui lui barrait le sein gauche. Il ne restait déjà presque rien de la blessure : la cicatrice se réduisait à une mince rayure encore un peu rouge. À l'intérieur, pourtant, la douleur frémissait encore.

Sa main droite, elle aussi, palpitait sourdement, et les jointures des phalanges avaient une blancheur de mort. Mais à présent qu'il s'était reposé, la résistance de ses doigts semblait moins forte, et il n'eut aucun mal à ouvrir la main.

Au creux de sa paume se trouvait une plume, une petite plume blanche, un peu semblable au duvet d'un cygne. Il l'avait sûrement arrachée à une aile du tueur au moment où celui-ci s'était approché pour le poignarder, et il l'avait conservée comme un trésor durant ces deux jours de fièvre. Pour autant, elle paraissait presque anodine malgré la petite tache de sang qui, sur les bords, gardait la trace du crime :

comment des plumes si ordinaires avaient-elles pu provoquer de telles rafales dans l'atelier de Lithipe ?

Il prit la plume par la hampe, se mit à l'agiter négligemment à la manière d'un éventail. Aussitôt elle disparut, et il ne resta plus d'elle que le vent léger produit par ses barbes. Phaéton arrêta son poignet ; contrainte à l'immobilité, la plume reparut entre ses doigts.

Son cœur se mit à battre plus fort. Toutes les légendes qu'il connaissait le disaient : seul un Vent avait le don de disparaître dès qu'il se mettait en vol. Et seul Borée, le Vent du nord, avait pu provoquer cette tornade glaciale dans l'atelier.

Il réprima un sourire, heureux d'avoir appris par lui-même ce que son père avait voulu lui cacher. Et pourtant, il savait au fond de lui que cette découverte n'avait rien de réjouissant : que pouvait-on faire contre un meurtrier invisible ?

9

Les corbeaux solaires

Le reste de la journée passa avec une lenteur extrême, et rien ne put distraire Phaéton de son impatience. Il avait hâte de quitter ce lit trop confortable, hâte de laisser loin derrière lui les avertissements et les interdictions de son père : il restait seulement trois jours avant l'échéance fixée par la Pythie, et il y avait encore tellement à faire pour empêcher la catastrophe.

La nuit commençait à tomber quand il s'inquiéta de n'avoir toujours pas vu Asclépios. Il se leva avec difficulté, courbaturé par les longues heures qu'il avait passées dans l'immobilité et, se déplaçant lentement pour ne pas réveiller sa blessure, il revêtit sa tunique et se mit en quête de son demi-frère.

Un parfum inhabituel de roses traînait un peu partout dans les couloirs, mais le palais était désert. Les derniers esclaves avaient regagné leurs appartements dans une aile éloignée, chaque pièce était renvoyée à la solitude de ses ors. Phaéton se demandait si Asclépios ne l'avait pas abandonné, lui aussi, lorsqu'il aperçut sa longue silhouette dans le jardin intérieur qui jouxtait la salle du trône.

C'était un endroit un peu inquiétant où il s'aventurait rarement. Cette cour à ciel ouvert était comme une anomalie dans l'architecture générale du palais : l'or et l'argent avaient été rigoureusement bannis au profit de la pierre, et la chaleur du soleil y était si accablante qu'il fallait prudemment rester à l'abri du péristyle pour s'en protéger. Des colonnes chauffées à blanc jusqu'à l'herbe jaunie qui s'effritait au soleil, rien n'échappait à cette écrasante chape de plomb, et seuls les épais massifs de lauriers plantés aux quatre coins de la cour semblaient s'accommoder de la chaleur.

Au centre se trouvait une immense volière où s'ébattaient un millier de corbeaux, et rien n'était plus étrange que ces oiseaux-là. Lorsqu'ils voletaient d'un bout à l'autre de la cage, ils s'auréolaient d'une lumière tranchante, et la volière ressemblait à un astre phosphorescent dont l'éclat faisait pâlir le soleil lui-même ; mais une fois au repos, leurs plumes commençaient à s'ombrer, et ils reprenaient en quelques secondes leur habituelle couleur noire.

Phaéton s'avança à pas lents. À cette heure tardive, les corbeaux se tenaient presque immobiles sur leurs perchoirs, et leur plumage agrandissait l'obscurité du crépuscule. Debout devant la volière, Asclépios les regardait avec une fascination intense, et lorsque son frère le rejoignit en faisant volontairement traîner ses sandales sur le sol pour signaler sa présence, il se retourna vivement, comme s'il sortait d'une rêverie profonde. Ses pupilles vacillaient.

– Ah, c'est toi ! s'exclama-t-il sans entrain. Je vois que tu as bien récupéré.

Phaéton n'osait pas parler, gêné d'avoir troublé la solitude mélancolique de son frère.

– Ces oiseaux sont incroyables, n'est-ce pas ?

– Je ne sais pas… Ils me mettent plutôt mal à l'aise.

Asclépios hocha la tête en souriant tristement :

– Tu n'as pas tort. Ce sont les plus beaux oiseaux du monde, plus beaux que les aigles de Zeus ou les paons qui tirent le char d'Héra. Mais ce sont aussi les plus effrayants. Tu n'imagines pas le drame dont ils ont été témoins. Tu n'imagines pas… Ces oiseaux-là sont comme des plaies au cœur.

Il fit glisser ses doigts sur les barreaux de la cage. Quelques corbeaux s'envolèrent et traversèrent l'espace dans tous les sens, avec la vitesse et l'éclat d'étoiles filantes.

– Au fait, dit-il en se ressaisissant, sais-tu qu'Aphrodite est venue te voir ?

Phaéton ouvrit de grands yeux.

– Je suppose qu'elle a voulu prendre de tes nouvelles après avoir assisté à la crise de ton père pendant le banquet. Elle m'a dit qu'elle attendrait au grand salon que tu aies fini de te reposer, je ne crois pas qu'elle soit encore partie.

Les yeux de Phaéton se mirent à pétiller, et Asclépios ne put retenir un sourire un peu triste.

– Va la voir, si tu veux ! Je te rejoindrai tout à l'heure dans ta chambre pour changer ta compresse.

Phaéton trouva Aphrodite dans un des vastes salons qu'on avait aménagés à une extrémité du palais, mais la déesse n'était pas seule : debout au milieu de la pièce, elle enlaçait langoureusement un esclave éthiopien qui rougissait de confusion.

Il toussa légèrement. Aphrodite poussa un gloussement de surprise et se retourna vers son neveu, le feu aux joues.

– Oh, c'est toi, Phaéton ! dit-elle en allant le serrer dans ses bras. Je me suis tellement inquiétée.

– Je vais beaucoup mieux, répondit le jeune homme quand elle lui permit de reprendre son souffle. Les remèdes d'Asclépios font des miracles.

On entendit un grognement provenir d'un coin obscur du salon. Phaéton tourna la tête et distingua un jeune homme ailé, allongé indolemment sur un tapis de lumière. C'était Éros. Son œil brillait de malice.

– Ouais ! ricana-t-il. Asclépios est un sacré champion, mais il n'a encore trouvé aucun remède contre mes traits !

Et joignant le geste à la parole, il sortit de son carquois une flèche flambant neuve dont il testa le tranchant en passant son pouce sur la pointe. Aphrodite adressa à son fils un regard venimeux :

– Tais-toi, idiot ! Et range-moi ça ! Tu en as déjà assez fait !

Éros obéit d'un air morne et se recoucha, un bras sous la nuque, reprenant mollement le fil de sa rêverie. L'esclave profita de l'occasion pour s'éclipser, trop heureux de s'échapper enfin de cette situation embarrassante.

Aphrodite eut un sourire un peu gêné.

– Comme il s'ennuyait, mon imbécile de fils n'a rien trouvé de mieux que de décocher deux de ses traits, et c'est à moi d'en faire les frais ! La perte de ses flèches l'a privé pendant dix jours de son loisir préféré, mais depuis qu'il s'en est fabriqué de nouvelles, on dirait qu'il veut rattraper le temps perdu !

Ses joues se mirent soudain à pâlir, et elle tendit un doigt vers la tunique de Phaéton : une tache de sang s'élargissait sur le tissu.

– Ta blessure s'est rouverte. Où est passé Asclépios ?

– Ce n'est rien, dit Phaéton en vérifiant l'état de la cicatrice. Il faut simplement remettre une couche d'onguent, mais il ne vaut mieux pas déranger Asclépios pour le moment.

– Il est encore avec les corbeaux, n'est-ce pas ? demanda Aphrodite en haussant un sourcil. Ces oiseaux ne le laisseront donc jamais en paix ?

– Je ne comprends pas… Qu'y a-t-il, avec ces corbeaux ?

– Tu ne connais pas leur histoire, bien sûr. C'est un secret bien gardé. Sais-tu au moins qu'à l'origine ils étaient d'une blancheur absolue ?

– Non. Que s'est-il passé ?

– Ils ont prévenu Apollon, autrefois, que la jeune fille dont il était amoureux partageait ses faveurs avec un autre homme. L'honnêteté est parfois le pire des maux : Apollon les a noircis pour qu'ils gardent la trace indélébile de la trahison dont ils avaient été témoins, et c'est à cause d'eux que tous leurs congénères ont aujourd'hui encore ce plumage infamant. Mais… l'histoire ne s'arrête pas là…

Du plat de la main, elle lissa rêveusement les plis de son drapé.

– Fou de jalousie, Apollon a décoché contre la jeune fille une de ces flèches de lumière qu'il garde dans son carquois. Avant de mourir, Coronis a eu le temps de donner le jour à l'enfant qu'elle portait dans son ventre, et c'est ainsi qu'est né Asclépios.

– Asclépios ?

Aphrodite acquiesça.

Phaéton comprenait à présent pourquoi son frère avait parlé de *plaies au cœur* : il détestait la présence de ces témoins terribles du passé, et pourtant il ne pouvait pas s'empêcher d'aller les contempler pendant des heures. Apollon lui-même était assez hanté par le remords pour avoir installé les corbeaux près de lui, au cœur de son palais, mais cela suffisait-il à excuser ses fautes ? Phaéton se demandait combien d'autres crimes, combien de cruautés secrètes se cachaient encore dans le passé d'Apollon : ce père qui aurait pu être sa fierté, voilà qu'il en avait honte à présent…

– Savez-vous où habite Borée ? demanda-t-il brusquement.

– Borée ? Quelle curieuse idée ! répondit Aphrodite en le regardant avec de grands yeux. Je n'en ai pas la moindre idée. Tu ferais mieux, je crois, de te renseigner auprès d'Éole, c'est le maître des Vents après tout.

Phaéton hocha la tête, et sa tante écarquilla les yeux davantage.

– Mais tu ne comptes pas partir bientôt, j'espère ! Et ta blessure ?

– Je ne peux pas me permettre d'attendre, répliqua Phaéton avec une détermination sombre qui acheva de la décontenancer.

– C'est que… on n'entre pas si facilement dans le royaume d'Éole. C'est une île très protégée et rares sont les dieux qui en connaissent l'accès. Bien des mortels ont tenté d'y pénétrer et n'en sont jamais revenus.

– Je courrai le risque.

Il y avait dans sa voix un air de résolution si inflexible qu'Aphrodite n'osa pas argumenter davantage. Son front se plissa, et elle ne répondit qu'après une longue hésitation.

– Eh bien, soit ! dit-elle du bout des lèvres comme si elle regrettait déjà ses paroles. Éros s'y est rendu récemment, il en connaît parfaitement le chemin : pourquoi ne t'y accompagnerait-il pas ?

10

Un chemin parmi les vents

– Maintenant, écoute-moi bien ! La moindre erreur, le moindre faux pas pourraient te coûter la vie !

Phaéton cala ses jambes contre les flancs d'Eoüs pour l'immobiliser et regarda Éros avec attention.

Tous deux s'étaient arrêtés sur un îlot rocheux à peine plus gros qu'un écueil, au beau milieu de la mer Méditerranée. Derrière eux, les premiers reliefs de la côte sicilienne se distinguaient nettement, et la silhouette de l'Etna se perdait dans un épais nuage de fumée qui s'effilait lentement vers les hauteurs du ciel : Héphaïstos était sûrement au travail ! De l'autre côté, vers le nord, on apercevait les contours d'une île plus proche, mais les vents invisibles qui s'interposaient en rendaient la vision plus incertaine.

Éros poursuivit ses explications :

– Éolia est sans doute l'un des endroits les plus protégés au monde. Éole s'y est installé à la fin de la Guerre Blanche et je crois qu'on ne l'a jamais vu en ressortir depuis cette époque. La dernière fois que je suis venu ici, c'était à sa demande, il y a quelques semaines, pour arranger les amours de son cadet.

– Mais, intervint Phaéton, qu'est-ce qui justifie toutes ces précautions ?

– La question serait plutôt : de qui se protège-t-il ? L'arsenal qui entoure Éolia a été entièrement conçu pour tenir le monde à distance. Il est impossible d'accéder à l'île par la mer, car la surface de l'eau est balayée par des vents violents qui pulvérisent les bateaux les plus résistants. Seule la voie des airs est praticable, mais il faut emprunter un chemin unique et compliqué qu'Éole modifie régulièrement. C'est un véritable labyrinthe. Aussi, il ne faudra pas t'étonner si tu as parfois l'impression de tourner en rond, ou de revenir en arrière.

Phaéton hocha la tête.

– Tu devras surtout te méfier des murs, car ils sont parfaitement invisibles et façonnés avec les vents les plus redoutables qu'Éole ait pu produire. Tu as intérêt à bien maîtriser ton cheval, mieux que tu ne l'as fait il y a quelques mois avec le char de ton père. Un pas de côté, une inclinaison trop brusque du corps, une tête penchée un peu trop à gauche ou à droite, et tu es aussitôt emporté sans espoir de retour !

– Emporté ? demanda Phaéton d'une voix blanche. Mais où ?

Son cousin haussa lentement les épaules.

– Il y a bien longtemps, deux Siciliens ont tenté par défi de franchir le labyrinthe. C'étaient deux jeunes hommes intrépides et ingénieux, qui s'étaient équipés d'ailes artificielles extrêmement sophistiquées. Le jour venu, des milliers de personnes sont arrivés des quatre coins de la Sicile pour célébrer leur départ.

– Et alors ? demanda Phaéton, parcouru d'un frisson.

– Pendant une semaine, on est resté sans nouvelles d'eux. Et puis un jour, des pêcheurs ont rapporté des morceaux de leurs corps : un bras, un pied qui s'étaient coincés dans leurs filets. Je ne pense pas que, depuis ce jour, un Sicilien ait de nouveau tenté l'expérience.

Éros dévisagea Phaéton avec intensité, comme s'il s'attendait à ce que son histoire le dissuade de courir le risque, mais le jeune homme avait pris sa décision.

– Je suis toujours partant, dit-il en mettant dans sa voix toute l'assurance dont il était capable.

– Alors soit ! Je volerai en éclaireur, et tu me suivras de près.

Ajustant le carquois qu'il portait dans son dos, Éros s'élança d'un battement d'ailes. Phaéton talonna sa monture, et il prit la suite du dieu, veillant à réduire au minimum la distance qui les séparait.

Éros n'avait guère exagéré en parlant des dangers du labyrinthe aérien. Ils mirent presque deux heures à effectuer un trajet qui, en ligne droite, n'aurait guère demandé plus de quelques minutes. Phaéton avait beau plisser les yeux pour discerner les murs du dédale, il ne voyait rien, rien que le vide du ciel, et il devait reporter toute son attention sur Éros pour savoir comment s'orienter. Il fallait réagir vite, repérer avec précision l'angle des virages, adapter sa vitesse à celle du dieu et contrôler fermement sa monture : Eoüs était paniqué par ces vortex dont il sentait les bords tranchants effleurer le muscle de ses jarrets. Il hennissait de peur à chaque tournant, le poil suintant d'une transpiration fiévreuse. Pour garder le contrôle, Phaéton pressait ses cuisses contre les flancs de l'animal et tenait la bride bien serrée.

Mais au détour d'un couloir invisible, le cheval fut soudain pris de folie et voulut ruer pour le désarçonner. Son sabot partit brusquement de côté, aspiré par un vortex. Phaéton frappa sa croupe avec violence, poussant de grands cris pour le faire aller plus vite et sortir de cette ornière, mais la pauvre bête n'arrivait plus à avancer : malgré des battements d'ailes désespérés, elle était inexorablement attirée vers l'arrière.

Le temps sembla se figer une longue, une très longue seconde. Éros s'était arrêté et regardait la scène à distance. Il savait qu'il n'y avait rien à faire pour les aider, il ne pouvait qu'attendre avec terreur que l'irréparable se produise.

Un craquement se fit alors entendre, suivi d'un hennissement de douleur qui se répandit comme un écho à travers l'immensité du labyrinthe. L'une des pattes d'Eoüs venait de se fracturer, et l'espace d'un instant, Phaéton se dit qu'il était perdu, que l'animal serait désormais incapable de résister à l'attraction du mur de vent. Mais un miracle eut lieu : aiguillonné par la souffrance, le cheval bascula en avant et parvint à se dégager d'un ultime battement d'ailes, et ils purent poursuivre leur route, presque sains et saufs. Jetant un dernier regard en arrière, Phaéton vit une large spirale de vent se rétrécir lentement et se refermer sur le vide.

C'est seulement lorsqu'ils se posèrent qu'il put enfin reprendre son souffle. De douloureux élancements lui traversaient la poitrine, là où sa cicatrice palpitait encore.

– Tu m'impressionnes, cousin ! Honnêtement, je ne pensais pas que tu y arriverais. Tu peux te vanter d'être le premier humain à fouler le sol d'Éolia.

– Merci, Éros ! Sans ton aide, je me serais lancé tête baissée et… je ne sais pas où j'en serais à présent !

– Ne me remercie pas, et peigne-toi plutôt ! La traversée du labyrinthe a toujours un effet très… décoiffant !

Puis il se tourna vers Eoüs. À demi couché, l'animal geignait faiblement : sa patte arrière traînait à terre, disloquée.

– Je m'occupe de ton cheval. En attendant, la grotte que tu recherches est devant toi. J'espère qu'Éole te fera bon accueil !

La plage de galets sur laquelle ils avaient atterri ouvrait sur une île peu étendue, rocailleuse et noire à l'exception de quelques arbres rabougris et de rares touffes d'herbe jaunie. L'ensemble donnait une impression de solitude austère qui ne convenait guère à un dieu aussi glorieux qu'Éole.

Plus loin, la caverne était creusée à flanc de colline. Avant d'y entrer, Phaéton voulut soigner un peu sa blessure, et il sortit de sa tunique l'urne d'Asclépios qu'il avait pris soin d'emporter avec lui. C'est sans doute cette précaution qui lui sauva la vie : deux personnes bavardaient au fond de la grotte et, tandis qu'il massait sa poitrine, il entendit son propre nom au milieu des bribes de la conversation. Il tendit l'oreille.

– Phaéton n'est pas une bien grande menace, et nous avons mieux à faire pour le moment.

– Dans ce cas, que vient-il faire à Éolia ? Êtes-vous si sûr qu'il n'a aucun soupçon à votre sujet ?

– Allons, Borée, qui soupçonnerait un vieillard comme moi ?

Il y eut un éclat de rire aussi aigu que le sifflement d'une rafale, puis les deux voix se perdirent en un murmure inaudible. Sans faire de bruit, Phaéton se pencha légèrement pour jeter un œil. L'énorme masse grisâtre d'Éole se détachait à l'autre bout de la grotte, et on distinguait, à ses côtés, les deux ailes blanches de son serviteur.

– Nous verrons ce qu'il veut. Si j'apprends qu'il en

sait trop, tu te chargeras de lui. Laisse-moi, maintenant ! Il ne va pas tarder.

Phaéton entendit un bruit de pas et d'ailes froissées, puis le silence revint. Il était impossible de reculer, il le savait, à moins de vouloir s'exposer à la méfiance d'Éole. Il attendit que ses tremblements se soient apaisés, puis il s'enfonça dans la grotte, avec l'impression de se jeter dans la gueule du loup.

Il s'arrêta devant le dieu des vents et se prosterna pour le saluer. Éole était si obèse qu'il recouvrait entièrement le trône moelleux sur lequel il se tenait à moitié étendu, et ses jambes disparaissaient sous une épaisse montagne de bourrelets dont les plis tombaient jusqu'à terre.

– Allons, relève-toi ! dit-il avec douceur. Et dis-moi ce qui me vaut ta présence ici, car ce n'est pas par politesse, je pense, que tu rends visite à un vieillard que tout le monde a oublié.

Phaéton se redressa lentement. La tête du dieu était chauve et sans rides, extraordinairement grande, et marquée par deux yeux noirs aussi petits que des têtes d'épingles. Une bouche immense s'étirait d'une oreille à l'autre ; elle ne s'ouvrait qu'à peine, et pourtant il en sortait toutes sortes d'intonations, qui allaient, parfois dans la même phrase, de la légèreté caressante d'une brise au grondement sourd d'un ouragan.

– Tu es à la recherche de Borée, n'est-ce pas ? demanda-t-il d'une voix plus flûtée.

Phaéton hocha la tête. Éole ne le lâchait pas des yeux.

– Il est l'auteur d'un meurtre auquel j'ai assisté et...

– Oui, j'ai entendu parler de la mort de Lithipe. Les nouvelles vont vite, ces derniers temps ! Mais pourquoi venir le chercher *ici* ?

Les yeux d'Éole se rétrécirent davantage et se vrillèrent sur lui. Phaéton sentit contre sa joue un léger courant d'air froid : Borée était sans doute caché derrière un rocher, prêt à le réduire au silence quand son roi lui en donnerait l'ordre.

– Éros m'en a suggéré l'idée, en me rappelant que vous êtes le maître des Vents. C'est grâce à lui, d'ailleurs, que j'ai pu traverser le labyrinthe.

– Éros ? souffla Éole. Il t'a accompagné ici ?

Il avait du mal à dissimuler sa contrariété : la présence d'un Olympien à Éolia ruinait ses chances de se débarrasser sans risque de Phaéton. Il demeura silencieux un long moment sans lâcher son interlocuteur des yeux, comme s'il hésitait encore sur la décision à prendre, puis son front se détendit un peu : il avait retrouvé son masque habituel de vieillard indolent.

– Tout le monde sait que les Vents ont pris leur indépendance depuis longtemps, dit-il d'un air fatigué. Éros aurait dû t'en informer. Quant à savoir où se trouve Borée, il y a bien longtemps que je ne l'ai pas vu. Et je te déconseille d'aller dans son royaume de glace : c'est si loin que les dieux eux-mêmes osent rarement s'y aventurer, je ne crois pas que tu y arriverais vivant.

Il poussa un long soupir, comme ces longues traînées de vent qui s'attardent parfois dans les déserts.

– Non vraiment, je ne peux rien te dire de plus, et pourtant j'aimerais t'aider. Il faut que Borée sache qu'il n'a pas tous les droits. Je tendrai l'oreille et si j'apprends quelque chose, Apollon en sera le premier informé.

Il se rencogna dans ses coussins en bâillant et se tassa un peu plus sur lui-même, comme s'il s'apprêtait à s'endormir. S'il n'avait pas surpris sa conversation avec Borée, Phaéton aurait pu facilement se laisser prendre à la comédie qu'on lui jouait avec tant de talent. Il se risqua à une dernière prosternation avant de ressortir.

Éros l'attendait sur la plage, accroupi près d'Eoüs dont il avait réussi à bander le genou fracturé. En voyant la pâleur de son teint, il comprit aussitôt que quelque chose n'allait pas. Il courut vers le jeune homme, mais à peine eut-il le temps d'ouvrir la bouche pour lui demander des explications qu'ils sentirent une bourrasque leur fouetter le visage. Le ciel se troubla et, plus loin, les branches d'un grand amandier furent violemment agitées.

Phaéton se redressa, comme s'il retrouvait d'un coup toute son énergie.

– Qu'y a-t-il là-bas ? demanda-t-il en pointant l'arbre.

– C'est l'entrée du corridor de vent. C'est le seul moyen de sortir de l'île sans avoir à repasser par le labyrinthe. Mais… que fais-tu ?

En une seconde, Phaéton avait sauté sur Eoüs et pris son envol en direction du grand amandier. Sans un regard pour son cousin, il s'engagea dans le trou d'air qui s'ouvrait devant lui. Il n'était peut-être pas trop tard pour prendre Borée en chasse.

11
Tremblements

Phaéton sortit du couloir de vent en pleine mer, loin d'Éolia dont les contours se perdaient à nouveau dans la brume.

Malgré son avance et son invisibilité, Borée ne passait guère inaperçu. Ses larges ailes laissaient traîner derrière elles un courant d'air glacial et frôlaient à intervalles réguliers la surface de la mer où elles traçaient un double sillon d'écume blanche. Lorsqu'ils parvinrent aux rivages de l'Italie, le frissonnement des feuilles au sommet des arbres et les trombes de poussière qui se soulevaient étaient autant d'indices qui permettaient de garder sa trace. Phaéton avait plus de mal, en revanche, à obtenir d'Eoüs toute la vitesse nécessaire : tremblant encore de sa fracture et des dangers qu'il avait courus dans le labyrinthe, le pauvre cheval n'avançait plus que malgré lui.

La piste s'arrêta peu de temps après qu'ils eurent dépassé les plages de Calabre, au milieu d'une clairière jonchée de marguerites blanches qui frémissaient du passage de Borée.

Phaéton attacha Eoüs à un tronc d'arbre et poursuivit ses recherches. La moindre feuille, le moindre pétale blanc étaient à présent immobiles, et l'air chaud s'appesantissait de nouveau sur les lieux. Où Borée était-il passé ?

Phaéton fouilla en vain branchages et taillis, puis il s'aventura dans la forêt jusqu'à ce que son attention soit attirée par un immense éboulement de pierres, près d'un bosquet. Des traces fraîches indiquaient que les rochers avaient été volontairement déplacés.

En s'approchant, il sentit un léger courant d'air frais auquel se mêlait une puissante odeur d'humidité. Il écarta délicatement les branches du bosquet et aperçut l'entrée d'une caverne presque aussi vaste qu'un temple dont le plafond était soutenu par d'épaisses poutres de bois.

Traversant les branchages, il fit quelques pas en avant et parvint à une galerie qui s'enfonçait à pic dans les profondeurs. L'endroit n'avait rien de rassurant. Quelque chose se passait là-bas, tout au fond, et il en remontait une rumeur assourdie qui faisait vibrer les parois par à-coups comme la pulsation d'un cœur enterré dans les tréfonds de la terre.

Il avança en essayant de faire le moins de bruit possible, mais la pente était si forte que des cailloux roulaient parfois sous ses sandales et s'élançaient plus bas dans un cliquetis qui se répercutait de loin en loin. Très vite les ténèbres s'épaissirent et, après seulement quelques pas, Phaéton finit par ne plus rien voir du tout.

Sans le secours d'une lampe à huile ou d'une torche, il n'arriverait probablement à rien, et les martèlements semblaient venir de bien plus loin. Il était trop tard pour espérer atteindre ce soir l'extrémité de la galerie. La prudence exigeait de rebrousser chemin.

Il approchait de la sortie quand ce qu'il redoutait finit par se produire : il glissa sur une pierre ronde et tomba face contre terre. Une intense douleur traversa sa mâchoire et se répandit dans tout son corps. Sa lèvre inférieure s'était ouverte, et une traînée de sang tiède coulait sur son menton. Mais ce n'étaient que des blessures bénignes, il y avait bien plus à craindre : le bruit qu'il avait fait en chutant s'était certainement entendu de loin, et les martèlements avaient cessé. Tout au bout, quelqu'un tendait l'oreille…

Une vague de panique déferla sur lui. Il fallait se dépêcher, il suffisait d'un seul battement d'ailes pour que Borée parcoure toute la longueur du souterrain et vienne lui enfoncer son poignard en plein cœur. Il se releva à la hâte, se rua vers la sortie, franchit à toute vitesse le buisson qui en camouflait l'accès, griffé de tous côtés par les branches et les épines, et enfin il déboucha dans la clairière où il s'effondra au milieu des marguerites sauvages.

Il n'avait pas la force d'aller plus loin, mais peut-être parviendrait-il à passer inaperçu au milieu des hautes fleurs. Il tenta de calmer ses tremblements et, se blottissant contre le sol pour se faire le plus petit possible, il attendit : il attendit que Borée vienne le chercher…

Plus tard il serait incapable de dire combien de temps il était resté dans cette position. Il aurait aussi bien pu dormir, peut-être même avait-il rêvé ce qui s'était passé dans la grotte.

La clairière baignait dans la lumière rougeoyante du couchant quand une ombre passa au-dessus de lui, et une voix coupante le fit sursauter :

– Debout !

Encore sous le coup de la frayeur, Phaéton osait à peine bouger.

– Ne nous oblige pas à te mettre debout nous-mêmes ! Ignores-tu que tu es dans une clairière sacrée ?

Phaéton leva la tête. Malgré ses paupières tuméfiées, il parvint à distinguer deux silhouettes dressées au-dessus de lui, une jeune fille au teint de rose et une femme plus âgée, croisant les bras avec une indignation et un dégoût manifestes : il n'était sûrement pas beau à voir avec ses contusions et ses pommettes enflées, sa lèvre encroûtée de sang et les griffures qui lacéraient ses joues.

Comprenant qu'il n'avait sans doute plus rien à craindre de Borée, il se releva avec une grimace de douleur.

– Une clairière sacrée ? demanda-t-il d'une petite voix, intimidé par l'allure souveraine des deux femmes.

Il remarqua alors l'aura si caractéristique qui émanait d'elles. La ressemblance qui les unissait et la couronne de fleurs sauvages qui les coiffait toutes deux ne pouvaient laisser aucun doute sur leur identité : il s'agissait de la déesse de la nature, Déméter, accompagnée de sa fille Perséphone.

Phaéton s'apprêtait à s'incliner quand la plus jeune se pencha vers sa mère pour lui glisser quelques mots à l'oreille, et aussitôt le visage de Déméter se rasséréna.

– Ma fille aurait-elle raison ? demanda-t-elle. Tu es le fils d'Apollon ?

– C'est bien moi. Je suis désolé de vous avoir offensées. J'ignorais que cette clairière vous était consacrée.

Déméter prit la main de son petit-neveu et la tapota affectueusement.

– Mais sacrevent ! s'exclama-t-elle en fixant les blessures de son visage. Que t'est-il donc arrivé ?

– J'ai fait une chute en visitant une grotte des environs.

– C'est la grotte qui se cache là-bas, derrière un buisson d'épines ? intervint Perséphone.

Phaéton acquiesça, et les deux déesses se regardèrent d'un air entendu.

– Il faut que tu nous expliques précisément ce que tu faisais là-bas. Rien n'est plus important.

Elles invitèrent Phaéton à s'asseoir sur un tronc mort en bordure de la clairière. La pénombre était presque complète désormais. Eoüs semblait s'être calmé, et ses naseaux de lumière étaient comme deux lucioles alanguies dans l'obscurité.

Déméter ferma les yeux et se massa le front du bout des doigts, rassemblant ses idées avant de reprendre la parole :

– Nous nous posons, nous aussi, beaucoup de questions sur ce que fait Borée…

– *Borée ?* Vous êtes au courant ? s'exclama Phaéton, stupéfait que ces deux déesses si préoccupées de nature puissent avoir connaissance des intrigues que le Vent tissait en secret.

– Rien de ce qui se passe par ici ne nous est inconnu. Cette clairière… c'est pour nous deux une sorte de quartier d'été, l'endroit où nous nous retrouvons avant que…

Brusquement prise par l'émotion, Déméter eut un hoquet de sanglot.

– … avant que Perséphone ne retourne aux Enfers pour passer l'automne et l'hiver avec son mari Hadès. C'est la terre de nos retrouvailles, et il semblerait que Borée y ait lui aussi élu domicile. Depuis trois semaines, il passe toutes ses nuits dans cette grotte et en ressort à l'aube pour…

Elle s'interrompit une fois de plus, et releva rapidement la tête pour scruter la clairière avec attention. Elle semblait à l'affût tout à coup, comme à l'écoute de quelque chose qu'elle seule pouvait percevoir. Perséphone retenait elle aussi sa respiration, et sa main serra convulsivement le bras de sa mère.

Phaéton eut à peine le temps de se demander ce qui se passait. Un frémissement à peine perceptible naquit sous ses sandales et se mit à grandir très vite. Les trépidations devinrent de plus en plus fortes, pareilles à un roulement de tonnerre, et bientôt la terre trembla de toutes parts. Le bois des arbres gémit violemment, tordu de douleur, les branches éclatèrent avec un bruit de déchirure qui ressembla à un hurlement de mort. Quelques troncs s'inclinèrent dangereusement, d'autres, pris d'un spasme, s'arrachèrent du sol et s'écroulèrent avec fracas.

Une ultime convulsion souleva alors le champ de marguerites. Une faille immense s'ouvrit d'un bout à l'autre de la clairière, et engloutit en une seconde les arbres déracinés.

Le séisme avait à peine duré une demi-minute, mais il avait suffi à dévaster presque tout.

Phaéton avait réagi très rapidement, avec un grand sang-froid : il s'était hâté de détacher Eoüs et avait aidé les deux déesses à monter. Acceptant sans regimber de prendre trois personnes sur son dos, le brave cheval avait gagné les hauteurs, jusqu'à ce que le retour au calme leur permette de se poser sur un coin de verdure épargné par la catastrophe.

Une vaste cicatrice traversait la clairière de part

en part, et de chaque côté s'entassaient des morceaux inextricables de terre, de pierres fracassées, de branches et de racines déchiquetées, d'où surnageait parfois l'éclat blanchâtre d'une marguerite. Tout baignait dans une brume de poussière âcre qui brûlait la gorge.

Déméter lâcha la main de sa fille et parcourut le champ de ruines d'un air hébété, le visage ravagé par des larmes de rage et de tristesse.

– Il me le paiera ! disait-elle. Il faut qu'il paye ! Comment a-t-il pu détruire ma clairière ? Mon frère ! Mon propre frère !

Perséphone rejoignit sa mère pour tenter de la calmer.

– Allons, maman ! Tu ne peux pas accuser Poséidon sans savoir.

– Mais je *sais* ! Je sais que c'est lui. Ce ne peut être que lui. Son trident est tellement destructeur que les humains le surnomment *l'ébranleur de la terre*. Il a déjà provoqué un séisme dans le nord de l'Italie, il y a deux semaines. Mais pourquoi encore aujourd'hui ?

Brisée par le chagrin, elle tomba à genoux. Perséphone la rejoignit.

– Tu sais bien que Poséidon ne quitte presque plus les océans depuis très longtemps.

Déméter hocha la tête.

– Lui ou un autre, quelqu'un devra payer ! Rien ne peut justifier de telles souffrances.

Phaéton songea qu'avec un peu de chance, le

tremblement de terre avait aussi atteint le repaire de Borée : le Vent s'était-il retrouvé piégé dans l'effondrement de sa galerie ?

Il escalada prudemment les mottes de terre que le séisme avait soulevées un peu partout dans la clairière, et gagna le bosquet qui cachait l'entrée de la grotte. Passant la tête à travers les branches d'épines, il jeta un œil. Les parois de la caverne s'étaient en partie affaissées et du plafond fissuré ruisselait une poussière fine qui n'augurait rien de bon. Consolidée par les poutres massives qu'on y avait adjointes récemment, la galerie paraissait pourtant avoir assez bien résisté aux assauts. Borée avait eu de la chance, son repaire était encore praticable.

Quand Phaéton revint auprès d'Eoüs, Déméter et Perséphone étaient enfin sorties de leur effroi. Elles sillonnaient la clairière, se penchant au milieu des gravats pour recueillir les marguerites qui avaient survécu. Avec une délicatesse extrême, elles les versaient dans une corbeille d'osier dont l'anse pendait à leur bras, et rien n'était plus doux que ce geste-là.

À cet instant, le silence lugubre fut traversé par un hennissement sonore que Phaéton reconnut aussitôt. Dans le ciel passa une tache aussi étincelante et rapide qu'une comète.

– C'est Apollon ! s'écria-t-il en allant détacher Eoüs. Il se rend certainement chez Héphaïstos. Je dois le rattraper.

Déméter le rejoignit d'un pas vif.

– Je compte sur toi pour tout lui expliquer. Moi, je dois rester ici pour soutenir les habitants de la région et les aider à réparer les dégâts.

Phaéton promit, mais il savait bien au fond que son père avait d'autres préoccupations qu'un simple tremblement de terre. Et tandis qu'il survolait la Calabre, tranchée comme un ventre jusqu'au rivage, il se demandait comment Apollon réagirait en apprenant que son fils avait trouvé le repaire de Borée.

12
Plan de bataille

L'accueil qui fut réservé à Phaéton dans les forges de l'Etna dépassa toutes ses espérances. Apollon le prit dans ses bras avec une émotion qui montrait combien il s'était inquiété de sa disparition, et Hermès participa à leur étreinte en serrant chaleureusement l'épaule de son neveu.

– Eh bien, grogna Héphaïstos en croisant ses bras épais sur sa poitrine, vous en faites beaucoup pour un garçon qui vous a désobéi !

Pour devancer les reproches, Phaéton se lança dans le récit de ses dernières aventures, et la consternation qui s'afficha sur les visages des trois frères en apprenant la culpabilité d'Éole laissa rapidement place à quelque chose qui ressemblait à de l'espoir quand il évoqua la grotte de Calabre.

– C'est l'occasion que nous attendions, s'exclama Hermès. Maintenant que nous savons où Borée se tient embusqué, ce sera un jeu d'enfant de le capturer !

– Feux saints ! Ce voleur a dû installer là-bas une

forge personnelle pour utiliser le moule qu'il m'a dérobé, et il y consacre ses nuits entières !

Phaéton hocha la tête : voilà qui expliquait les mystérieux martèlements qu'il avait entendus dans la galerie.

– Et Éole ? demanda-t-il. Ne faut-il pas s'occuper de lui en priorité ?

– Il nous rejouera son numéro de vieillard impotent et ne dira rien. Et puis s'il change brusquement les plans de son labyrinthe de vent, comme il en a l'habitude, nous aurons peu de chances d'arriver jusqu'à lui. Non, Borée est notre seule chance.

– Il faut lui tendre un piège ! tonna Héphaïstos, faisant tressauter comme jamais les murs de la forge. J'ai ici un filet qui m'a servi il n'y a pas si longtemps.

– Tu penses au filet qui…

– S'il m'a servi à capturer Arès, il peut bien convenir pour Borée ! Il faudrait procéder à quelques aménagements, resserrer les mailles pour l'empêcher de se faufiler, renforcer les nœuds de fer, mais c'est tout à fait possible.

Chacun se tut, réfléchissant à la proposition d'Héphaïstos.

– Si Déméter dit vrai, reprit le forgeron, Borée ressortira de sa cachette aux premières heures de l'aube. Le filet sera prêt. Même si je dois y travailler toute la nuit. Et nous aurons bien le temps d'aller en Calabre pour tout disposer avant le départ de Borée.

Son sourcil droit se fronça.

– Évidemment, nous devons penser à son invisibilité. Il faut trouver quelque chose qui l'arrête à la sortie de la caverne. Quelque chose qui l'oblige à se dévoiler et nous permette d'actionner le piège au bon moment.

– Il faut un appât, intervint Phaéton en se glissant à grand-peine entre son père et la barrière de muscles que formait Héphaïstos. Et cet appât, ce sera moi !

Tous les regards convergèrent dans sa direction.

– J'attendrai devant la caverne. Borée m'apercevra forcément, et il faudra bien qu'il s'arrête s'il veut terminer ce qu'il a commencé dans l'atelier de Lithipe.

– Feux saints ! Ce mortel a du cran ! renchérit Héphaïstos en assenant au jeune homme une bourrade qui faillit le faire tomber à la renverse.

Hermès approuva lui aussi la proposition de Phaéton avec un étonnement admiratif. Seul Apollon demeurait réticent. Les risques lui semblaient trop grands, et même lorsqu'il finit par se rendre à l'avis général, ce ne fut qu'avec de grandes réserves, et sans arriver à dissimuler l'inquiétude qu'il éprouvait au sujet de son fils.

Très vite, la forge se mit à renaître. De tous côtés elle résonnait de bruits de marteaux et de chaînes entremêlées, et dans la demi-obscurité rougeâtre qui entourait le bassin de lave on voyait s'affairer la silhouette massive d'Héphaïstos, secondé par ses deux frères au milieu des piles de chaudrons.

Phaéton en profita pour aller s'allonger. Il n'avait pas été très raisonnable en abrégeant sa convalescence, et la fatigue accumulée depuis une trentaine d'heures était si grande qu'il ne tarda guère à trouver le sommeil.

Cette nuit-là, il fit un rêve dont il garderait longtemps le souvenir. Aux commandes du quadrige solaire, il avait un pied sur le corps ligoté de Borée, tandis que le char s'élevait lentement vers l'Olympe dans un éclaboussement de lumière et sous l'acclamation des dieux. De toutes parts c'étaient des cris de joie, des ovations à n'en plus finir, et des applaudissements si nourris que, sur terre, les humains croyaient au début d'un orage. Zeus et Héra l'attendaient aux portes de l'Olympe, rayonnants, prêts à le féliciter d'avoir empêché à temps l'oracle de la Pythie.

Alors la lumière devint plus forte encore, le soleil vola en éclats comme un miroir brisé, et chaque fragment se transforma en corbeau : il y en avait des milliers, des millions peut-être, qui tournoyaient maintenant autour du char. Le bec grand ouvert, ils déversaient sur Phaéton la haine de leurs cris rauques.

Les Olympiens avaient disparu. Phaéton avait beau chercher autour de lui, il était seul. Seul au milieu du ciel inondé de corbeaux.

Les volatiles commencèrent à noircir dangereusement. Les cercles qu'ils formaient se resserraient progressivement autour de lui : il sentait leurs pupilles sombres et froides l'observer comme s'il était devenu leur cible. Puis leurs tourbillonnements s'accélérèrent, et ils se précipitèrent tous sur lui d'un seul mouvement. Ses yeux furent crevés par leurs millions de becs acérés, les oiseaux s'engouffrèrent à l'intérieur de ses orbites, et ce fut la nuit la plus noire qu'il ait jamais vue.

Lorsqu'il se réveilla, il était trempé de sueur et sa cicatrice palpitait douloureusement. Sur l'autre lit était étendu Hermès, tellement épuisé lui aussi qu'il s'était laissé tomber sans enlever ses sandales. Le caducée traînait à terre, avec ses deux orvets immobiles. Plus loin, les bruits de la forge s'étaient raréfiés.

Phaéton se leva en silence et sortit marcher pour calmer les fourmillements qui lui traversaient les jambes.

La forge était un dédale dont il n'aurait pu faire le tour en une seule nuit, et c'est presque par hasard qu'il ouvrit la porte de l'atelier réservé aux cyclopes. La marmite chauffait à présent sur un lit de braises savamment entretenu. Phaéton ne put s'empêcher d'en soulever le couvercle ; la lumière qui s'en échappa était si vive qu'il lui fallut du temps pour y habituer ses yeux : un métal en fusion tournoyait à toute vitesse dans le chaudron, et sa blancheur de feu s'intensifiait de seconde en seconde.

– Jeune homme ! gronda une voix derrière lui. Je te conseille de remettre le couvercle à sa place. Et sans attendre !

Phaéton sursauta et obéit immédiatement.

– Je voulais… Je voulais…

– Peu importe ce que tu voulais ! Tu n'es pas à ta place ici.

Héphaïstos posa sa grande main sur l'épaule de Phaéton et le poussa rudement hors de la pièce.

– Allez ! Sors d'ici ! Seuls les cyclopes peuvent entrer dans cet atelier.

– Mais… et le feu sous la marmite ? Je croyais qu'ils avaient quitté la Sicile ?

– Oui, mais il faut bien que je l'entretienne en attendant leur retour.

– Vous n'avez toujours pas réussi à les convaincre de revenir ?

– Ni moi, ni ton père. On a même complètement perdu leur trace : Apollon sait qu'ils ont embarqué, mais on ignore quelle direction ils ont prise. Allons, tu me fais parler, et ce n'est pas le moment. L'heure est venue de partir.

Le ciel commençait tout juste à blanchir à l'horizon quand ils sortirent de la forge. Apollon s'agenouilla devant Eoüs, et après avoir retiré son bandage il apposa ses deux mains sur le genou blessé. La peau de l'animal s'éclaira un instant, presque entièrement traversée par la lumière, et lorsque le dieu retira ses mains, la blessure était complètement guérie.

Le trajet jusqu'en Calabre se fit à bride abattue : l'aube était proche quand ils arrivèrent.

Tandis qu'Hermès cachait les deux chevaux ailés dans de lointains fourrés, Héphaïstos se chargea de disposer le filet métallique devant le repaire de Borée. Il le recouvrit de feuilles, tendit les câbles aux troncs des arbres voisins, puis il rejoignit ses frères derrière un buisson.

Tout était prêt. Phaéton n'avait plus qu'à s'installer devant la grotte.

Face à la bouche sombre de la caverne où rien ne bougeait encore, il avait du mal à tenir en place. Bientôt, Borée serait de nouveau face à lui, et il se demandait à présent s'il avait bien fait de se proposer comme appât.

Derrière lui le soleil se leva lentement. On était au huitième jour, vingt-quatre heures avant le terme de l'échéance fixée par la Pythie. Oui, l'heure était venue, et il était trop tard pour reculer.

13
Le mystère s'épaissit

Midi approchait, et Borée n'avait toujours pas paru. L'impatience laissait place au découragement, et Héphaïstos était sur le point de sortir du buisson où il s'était dissimulé quand Phaéton crut apercevoir quelque chose : un changement presque imperceptible en face de lui, une modification de l'air.

Malgré l'ombre fraîche de la forêt, la chaleur augmenta brutalement et devint très vite étouffante. On entendit un léger bruissement de feuilles, les branches du taillis s'écartèrent devant l'entrée de la caverne, et Borée apparut tout près du filet dissimulé sous la mousse : d'abord un visage, puis deux larges ailes qui se matérialisèrent comme par magie et s'étendirent d'un arbre à l'autre.

– Phaéton ! s'étonna-t-il. Nous te cherchions depuis si longtemps, et c'est toi qui nous trouves !

Phaéton ne comprenait pas : cette voix n'était pas celle qu'il avait entendue dans la grotte d'Éole. D'ailleurs, à mieux y regarder, ce Vent barbu au plumage grisonnant était-il vraiment Borée ? Et qu'attendait-il pour mettre enfin un pied sur le filet ? Le jeune homme aurait voulu se retourner pour implorer son père du regard, lui demander d'agir avant que la mort ne vienne le cueillir, mais il n'arrivait pas à bouger. Terrassé par la chaleur, il flottait dans une fièvre où tout lui paraissait irréel.

Avec une lenteur infinie, le Vent commença à bouger. Un rictus tordit ses lèvres, découvrant quelques dents jaunies et pointues, et il avança d'un pas pour se jeter sur Phaéton…

Il y eut le bruit sec d'une corde tranchée, et le filet métallique se referma avec la violence d'un ressort. Reliés à des troncs d'arbres, quatre filins d'acier se tendirent et soulevèrent la nasse au-dessus du sol.

Le choc avait fait tomber le prisonnier. Le visage blême, tremblant de rage, il s'agrippa au filet pour se relever et tenta d'en faire éclater les chaînes en ouvrant ses ailes pour provoquer une tornade, mais il manquait d'espace pour les déployer, et le métal avait si bien durci dans le bassin de lave que toute tentative aurait été vouée à l'échec.

Alors, il commença à s'étirer. Il s'enroula sur lui-même, s'affina pour former un mince et interminable ruban de plumes, aussi étroit que les longues traînées de sable qu'on voit glisser comme des serpents à la surface des dunes éthiopiennes. Il tenta de passer au travers du filet, mais Héphaïstos en avait tant resserré les mailles qu'il ne put s'y faufiler. Il reprit son apparence initiale.

– Quelle surprise, Notos ! s'exclama Apollon en sortant du buisson où il s'était embusqué. Nous attendions plutôt ton frère.

Le prisonnier posa sur lui un regard pénétrant.

– Pourrais-je savoir, Apollon, ce qui me vaut cet accueil désagréable ?

Bras croisés, il affectait un air dégagé, comme s'il participait à une conversation mondaine.

– Tes plaisanteries tombent mal, Notos ! Nous savons tout : le meurtre de la Pythie, celui de Lithipe, et la forge installée au fond de la galerie.

Un sourire s'élargit sur les lèvres de Notos, mais il ne prit pas la peine de répondre. Apollon rejoignit ses deux frères restés en retrait.

– Feux saints ! ne put s'empêcher de grogner Héphaïstos. Quelle arrogance ! Même prisonnier dans mon filet, il trouve encore le moyen de nous narguer !

– Il doit avoir un atout, quelque chose que nous ignorons encore, chuchota Apollon. Avant de me charger de lui, j'aimerais aller jeter un coup d'œil à la galerie.

Tandis qu'Héphaïstos surveillait le prisonnier, ses deux frères partirent explorer le souterrain. Phaéton les suivit sans se faire remarquer, trop heureux de s'éloigner de la chaleur qui grandissait autour de Notos.

Affaissée par le séisme de la veille, la pente de la galerie était si raide qu'il fallait marcher avec la plus grande précaution. Au bout de quinze minutes de descente ininterrompue, l'arrivée n'était toujours pas en vue, et Apollon s'arrêta en étouffant un juron de dépit.

– Hermès, pars en avant ! dit-il en posant une main sur l'épaule de son frère. Tu iras bien plus vite que nous, avec tes ailes. Nous t'attendrons ici.

Hermès hocha la tête et s'élança aussitôt, rasant le sol de la pointe de ses sandales. En une seconde il était déjà hors de vue, et le bruissement de ses plumes décrut longuement avant de s'éteindre.

Phaéton profita de cette minute de répit pour poser la question qui lui brûlait les lèvres :

– Père, pensez-vous qu'Éole a recruté les quatre Vents pour ses plans ?

– Je le crois, et tout cela ressemble à un complot de grande envergure.

– Mais contre qui ? Et pourquoi ?

– Seul Notos peut répondre à ces questions, je le crains.

Il fallut attendre encore un long moment avant qu'Hermès ne reparaisse. Il semblait surexcité par ce qu'il avait découvert.

– La galerie est longue, dit-il sans prendre le temps de retrouver sa respiration. Elle s'étend vers le sud-ouest. Je crois même être arrivé au niveau de la mer, à la pointe extrême de l'Italie.

– C'est tout de même curieux que Borée ait installé

si loin son repaire, murmura Apollon. Il doit y avoir des cachettes plus commodes, tu ne crois pas ?

– D'une certaine manière, la distance et l'obscurité jouent en sa faveur. Elles sont parfaites pour dissuader les intrus. Et n'oublie pas que Borée vole beaucoup plus vite que moi : quelques secondes doivent lui suffire pour traverser la galerie.

– Qu'as-tu trouvé ?

– Pas grand-chose ! Tout est enseveli sous des rochers, et un trou immense s'est ouvert dans le sol. On dirait que le tremblement de terre est parti de là-bas.

Le visage d'Apollon s'éclaira soudain.

– Tu as raison. Il y a sans doute eu un accident de forge. L'alliage métallique qui sert à la fabrication des éclairs est tellement fragile que la moindre erreur de manipulation peut avoir des conséquences terribles.

Le sang de la terre, songea Phaéton, se rappelant soudain les paroles de la Pythie. Borée était-il l'ogre de la prophétie ?

– Tu as retrouvé le moule d'Héphaïstos ?

Hermès secoua la tête énergiquement.

– Ni moule ni chaudron. Tout a été recouvert par l'éboulement. Le choc a été considérable. Comme si la terre avait littéralement explosé. Le plus étrange, c'étaient les grandes taches de sang aux murs.

– Du sang ?

– Oui, de grandes giclées de sang noir sur toutes les parois de la galerie.

– Du sang noir… C'est impossible. Absolument impossible !

– C'est bien ce que je me suis dit. Ce sang *noir* ne peut appartenir ni à Borée ni à aucun Vent : ils sont trop immatériels pour cela. Ils avaient sans doute des complices. Remontons ! J'ai le sentiment que Notos a beaucoup à nous apprendre, qu'il le veuille ou non.

À l'entrée de la caverne, ils eurent la surprise de trouver Déméter et Perséphone, assises dans l'obscurité sur un rocher. La déesse des moissons était extraordinairement pâle.

– Enfin te voilà, Apollon ! s'écria-t-elle en se levant. Cette nuit… il s'est passé quelque chose de terrible.

– Je t'écoute.

– Perséphone et moi étions plus au nord, près du temple qui m'est consacré là-bas. Un peu avant minuit, nous avons senti un grand courant d'air froid, et quelque chose est passé dans le ciel : une sorte d'attelage qui s'est éloigné à toute vitesse.

– C'était Borée, bien sûr ! Avez-vous vu ce qu'il emportait ?

Perséphone eut un frémissement.

– Une masse énorme et sombre. Des jambes et des bras pendaient de chaque côté du char, certains membres remuaient encore faiblement, mais d'autres étaient complètement immobiles. On aurait dit… On aurait dit un immense tas de cadavres !

14

Au cœur du complot

Apollon passa sa main droite à travers les mailles du piège métallique, et au moment où ses doigts se posèrent sur le front de Notos, chaque phalange s'alluma d'un éclat intense. Ruisselant par tous les pores de sa peau, la lumière imprégna la main d'Apollon puis le visage de Notos.

De toutes ses forces, Notos essaya de résister à l'influence de la lumière. Les chaînes et les boucles du filet cliquetèrent violemment, et la chaleur devint si forte que Phaéton se sentit comme écrasé par une brûlante poussée de fièvre. Déméter vint à son secours et, le prenant par un bras, elle le conduisit un peu plus loin, près d'un ruisseau où il put se rafraîchir.

Lorsqu'il se redressa, la lumière avait redoublé autour d'Apollon et Notos : c'était comme un duel immobile où deux volontés inflexibles s'affrontaient dans un déchaînement électrique sans pareil.

Quand Apollon ouvrit enfin la bouche pour commencer l'interrogatoire, sa voix semblait terriblement usée :

– La Pythie, c'est ton frère qui l'a tuée ?

– Voyons, Apollon ! répliqua crânement Notos. Pourquoi perdre du temps à me poser une question dont tu connais déjà la réponse ? La Pythie en savait trop, elle n'aurait jamais dû tenter de te prévenir avec cette prophétie ridicule. Elle était devenue une menace pour notre plan.

– Votre plan ? Il n'en reste plus grand-chose maintenant que la galerie est impraticable et que vos complices ont péri dans l'explosion.

Notos eut un hoquet de rire.

– Tu es encore bien loin de la vérité.

Affecté par la morgue de son interlocuteur, Apollon se retourna et fit signe à Phaéton de s'approcher.

– Donne-moi le pendentif !

Phaéton fouilla une poche de sa tunique, et Apollon montra le bijou à Notos.

– C'est le rubis pour lequel ton frère a tué Lithipe ! Quel secret vouliez-vous cacher ?

Notos garda le silence.

– Quel est l'ogre dont parlait la Pythie ?

La lumière s'intensifia dans un tonnerre de chaînes entrechoquées : Apollon mettait ses dernières forces dans cette question décisive.

– Ne t'inquiète pas, Apollon ! Il viendra à son heure, la Pythie n'a pas menti.

Notos acheva sa phrase avec un éclat de rire désaccordé, et le halo de lumière vola brutalement en éclats. Apollon avait lâché le front de son prisonnier, et frottait ses doigts pour leur faire retrouver leur teinte naturelle. Une immense fatigue ravageait son visage.

– C'est impensable ! Je n'ai jamais vu une telle capacité de résistance !

– C'est la haine, Apollon, susurra le Vent de sa voix grinçante. C'est la haine qui me permet de tenir.

Il y avait tant de défi dans sa voix qu'Héphaïstos ne put retenir un rugissement : les muscles qui saillaient sur ses bras palpitaient de rage, et sans Déméter qui avait posé une main sur son épaule, il se serait déjà précipité sur son ennemi pour le rouer de coups.

– Je ne comprends pas, dit Perséphone d'une voix blanche. Comment peux-tu nous détester autant ?

– Tu es une Olympienne comme les autres, Perséphone : tu ne peux pas comprendre, en effet.

– Mais qu'as-tu à reprocher aux Olympiens ?

Le visage du Vent se mit alors à changer, violemment déformé par la colère.

– Ce que j'ai à vous reprocher ? Mais tout, Perséphone ! Ma mère frappée de malédiction par Aphrodite, le fils de Borée changé par Zeus en montagne, tous ces drames qui ont frappé la famille des Vents, et tant d'autres encore qui n'ont qu'une cause : la jalousie et l'orgueil des Olympiens !

Les dieux s'étaient si peu attendus à ce déchaînement de haine qu'ils restèrent sans voix. Apollon prit une longue inspiration avant de répondre :

– Les choses ne sont pas telles que tu le dis, Notos.

Ta mère a été punie pour avoir voulu séduire Arès, et tout le monde sait sur l'Olympe qu'Arès est la chasse gardée d'Aphrodite. C'était une provocation pour laquelle elle a mérité son châtiment.

– Un châtiment qui la rend éternellement amoureuse du premier venu, et la contraint à passer d'un amant à l'autre : quel bel exemple de la justice des Olympiens !

– Tu nous accuses d'orgueil, renchérit Apollon, mais n'est-ce pas par orgueil que ton neveu a voulu se donner le nom de *roi des dieux* ? Qui pourrait reprocher à notre père de l'avoir changé en montagne pour le punir de sa prétention ?

Ses poings se serrèrent convulsivement.

– Mais à quoi bon argumenter ? Tous tes reproches ne sont que des prétextes pour alimenter ta haine et tes regrets de n'avoir jamais été vraiment accepté sur l'Olympe.

– Je ne te contredirai pas sur ce point, grimaça Notos. C'est bien de l'intolérance des Olympiens que nous parlons. Zeus… ce roi autoproclamé qui ne doit son trône qu'à la puissance de ses éclairs ! Avec lui, l'Olympe n'est qu'un ramassis de dieux dégénérés et sans gloire ! Le panthéon avait plus d'allure avant la Guerre Blanche, à l'époque où les Titans étaient encore au pouvoir… Mais tout ça se paiera bientôt, et demain… demain les Olympiens entendront enfin la colère de ceux qu'ils ont trop longtemps méprisés ! Et Zeus ? Où sera-t-il, votre éternel protecteur, votre roi magnifique ? Croyez-vous vraiment qu'il sera là pour vous défendre ?

Il s'interrompit soudain, comme s'il regrettait d'en avoir trop dit. Apollon se jeta de toutes ses forces sur les chaînes du filet.

– Que veux-tu dire ? Qu'est-il arrivé à Zeus ?

– Zeus ? Il paraît que l'Olympe doit se priver de lui, ces derniers temps.

Apollon pivota vers son frère.

– On dit que Zeus a disparu depuis le banquet, confirma Hermès en pâlissant. On l'a cherché partout, mais il n'est nulle part sur l'Olympe. Je pensais qu'il était allé en Grèce pour y retrouver sa dernière conquête.

Notos ricana.

– Crois-moi, avec ses rhumatismes, il avait sans doute mieux à faire qu'aller jouer les séducteurs ! Mais ne t'inquiète pas, nous prenons soin de lui.

Apollon agrippa sauvagement le filet, et la lumière contenue sous sa peau se mit à grandir comme un feu, gangrenant peu à peu les tiges de métal.

– Tu es fou ! cria-t-il rageusement. Vous ne pouvez pas l'avoir enlevé, c'est impossible ! Allons, parle ! Dis-moi ce que vous avez fait de lui !

– C'est trop tard, Apollon ! Il n'y a rien à faire, tout est perdu pour vous depuis longtemps…

Le rayonnement gagna chaque maillon, chaque chaîne du filet, puis Notos lui-même, et bientôt il n'y eut plus qu'une immense boule de feu autour d'Apollon. Son éclat était tellement insoutenable qu'il traversait même le rempart des paupières. S'il s'intensifiait encore, on courait le risque d'une explosion qui détruirait tout sur son passage.

Un bras devant les yeux, Hermès avança à tâtons vers son frère et, prenant son poignet droit, il l'arracha du filet. La lumière s'éteignit aussitôt, et lorsque Phaéton put enfin rouvrir les yeux, les choses avaient repris leur place. Seul Apollon, à bout de forces, était tombé à genoux.

– Il ne dira plus rien, dit-il dans un souffle. Nous n'arriverons pas à les arrêter.

Phaéton le rejoignit près du filet suspendu. Son père gardait les épaules voûtées, la tête basse, mais ses yeux se remirent soudain à pétiller d'une façon singulière. Sa main était ouverte et il regardait, au creux de sa paume, le rubis réduit en poudre par la violence de la lumière. Au milieu de la poussière rouge apparaissait un minuscule fragment de plume formée de longs filaments verdâtres. Impossible de se tromper : c'était un morceau de plume de paon !

– Héra ? dit Phaéton. Ce talisman appartient à Héra ?

– J'en ai bien l'impression, répondit Apollon. Qui aurait cru qu'Héra serait notre dernière chance ?

15

Les cent couloirs et la porte ultime

Hermès et Phaéton arrivèrent en Grèce en un temps record. Volant en tête, le dieu allait si vite que Phaéton devait relancer sans cesse Eoüs, et le bon cheval supportait sans se plaindre ces coups de talons dans ses flancs, comme s'il savait lui aussi qu'ils n'avaient dorénavant plus une seconde à perdre.

Un ultime plan de bataille avait été conçu dans la forêt de Calabre. Héphaïstos conduirait Notos dans sa forge pour l'enfermer dans une des cellules qu'il y avait aménagées, et il avait promis de poursuivre l'interrogatoire avec des moyens plus *énergiques*. Apollon regagnerait l'Olympe pour trouver Héra et l'interroger sur la Pythie. Pour ne pas rester inutile, Hermès avait décidé de se rendre à Delphes : il songeait secrètement que la solution pouvait se trouver là où tout avait commencé, là où son frère avait peut-être négligé son enquête. Certain qu'Apollon refuserait de l'emmener avec lui dans cet Olympe où il était encore indésirable, Phaéton avait choisi d'accompagner son oncle.

Tous deux franchirent donc l'enceinte de Delphes et commencèrent à gravir la Voie sacrée qui menait au temple d'Apollon.

Hermès avait pris soin de changer leur apparence, et ils avaient l'air à présent de jeunes bergers venus faire une offrande au dieu solaire. Ils n'étaient pas seuls : sur le chemin montait aussi une foule éparse de Grecs et d'étrangers au milieu de laquelle ils passaient parfaitement inaperçus.

– Quelque chose ne va pas, dit Hermès en montrant les visages fermés et les regards fuyants des visiteurs.

Devant le temple, les deux prêtres achevaient le sacrifice d'une chèvre face à une quinzaine d'hommes. Voyant arriver Hermès et Phaéton, ils se hâtèrent de terminer leur rituel et les conduisirent un peu plus loin, à l'ombre d'un olivier noueux où ils pourraient converser tranquillement. Les fidèles réunis autour de l'autel les observaient à distance, leur jetant à la dérobée des coups d'œil furtifs.

Hermès interrogea les prêtres sur l'inquiétude qu'il avait perçue depuis son arrivée à Delphes.

– La situation est grave, répondit le plus âgé des deux. Si grave que nous n'arrivons plus à rassurer les gens. Ils se plaignent que les dieux les négligent, on dirait qu'ils se défient de plus en plus des Olympiens.

– Mais pourquoi ?

– Les choses ont commencé depuis que les vents ne soufflent plus. Il y a près d'un mois.

Et pour cause, songea Phaéton : les Vents avaient eu bien d'autres préoccupations ces derniers temps.

– Les commerçants et les navigateurs en pâtissent, mais ce sont surtout les paysans qui s'inquiètent : le temps est trop beau, trop chaud depuis des semaines. Ils attendent désespérément l'arrivée des pluies et des orages. Ils craignent pour leurs récoltes.

Il soupira, avec un sourire navré.

– On dit aussi que Poséidon aurait provoqué deux terribles tremblements de terre en Italie. On murmure que Zeus ne s'est pas manifesté depuis des jours, qu'Apollon n'est pas venu depuis longtemps honorer Delphes de sa présence. Plus grave encore, la nouvelle Pythie n'a toujours pas délivré le moindre oracle : elle a beau mâcher les feuilles du laurier sacré, elle prétend ne rien voir, ne rien entendre, et les consultants doivent repartir sans avoir reçu de réponse à leurs questions.

Agacé par ces attaques, Hermès préféra changer de sujet. Demandant où en était l'enquête sur le meurtre, il apprit que les investigations n'avaient mené à rien : vu l'étrangeté des circonstances, on avait conclu que cette affaire ne concernait que les dieux, et qu'il valait mieux ne pas s'en mêler davantage. En somme, on s'était hâté d'abandonner l'enquête, moins par incompétence que par lâcheté.

– J'ai bien peur que nous n'ayons perdu notre temps, dit Phaéton tandis qu'ils redescendaient la Voie sacrée, suivis des yeux par les hommes en prière.

– Pas tout à fait, neveu ! répliqua Hermès.

Son regard glissa longuement sur les gens qui montaient tête basse au sanctuaire.

– Il se passe ici quelque chose d'inhabituel. On dirait que quelqu'un s'ingénie à discréditer les Olympiens, à affaiblir l'influence qu'ils ont sur les humains.

– Mais pour quelle raison ?

– Rappelle-toi les paroles de Notos ! Rappelle-toi sa haine des Olympiens, son regret de l'époque qui a précédé la Guerre Blanche : l'époque où Cronos était encore roi, où les Titans avaient encore le pouvoir…

– Le complot des Vents viserait à restaurer le pouvoir des Titans ?

– Qui sait ? La haine de Notos avait l'air si féroce, si viscérale.

Il interrompit ses réflexions : adossé au tronc d'un arbre, un jeune homme les arrêta d'un signe de tête.

– Je sais qui vous êtes, dit-il d'un air farouche, et je sais que vous êtes venus à Delphes pour enquêter sur Délia.

– Qui es-tu ?

– Un ami de sa sœur Callista. Je crois qu'il lui est arrivé malheur, j'ai besoin de votre aide.

Hermès eut un geste d'impatience, prêt à reprendre sa route, mais le jeune homme poursuivit :

– Si vous la retrouvez, vous ne serez pas loin du meurtrier de la Pythie.

Hermès plongea ses yeux dans ceux de l'inconnu.

– Nous t'écoutons, concéda-t-il.

– Tout le monde pense que Callista a fugué pour retrouver l'homme qu'elle aimait en secret, mais les gens se trompent. Ils ne la connaissent pas aussi bien que moi. Il y a une dizaine de jours, j'ai surpris une conversation entre elle et Délia : celle-ci paraissait très inquiète, elle reprochait à sa sœur de jouer *un mauvais jeu*, un jeu dangereux. Mais Callista est si fière : elle l'écoutait à peine, elle disait qu'il n'y avait rien à craindre, que tout serait bientôt terminé, et elle l'a embrassée en lui demandant de garder le secret. Le lendemain, Délia était assassinée, et Callista avait disparu.

Hermès fronça les sourcils.

– Tu veux dire que la Pythie a été tuée parce qu'elle a surpris un secret qu'elle n'aurait jamais dû découvrir ? Un secret qui concernait sa sœur ?

Le jeune homme acquiesça sombrement.

– Malheureusement, je ne sais rien de plus. Callista avait beaucoup changé, ces derniers temps : elle m'évitait, elle ne me parlait plus que de choses banales et insignifiantes.

– En somme, dit Hermès les prunelles brillant d'excitation, seule Délia pourrait nous renseigner. Nous devrions peut-être aller l'interroger.

Phaéton regarda son oncle comme s'il était devenu fou.

– Mais elle est…

– Morte, je sais, répliqua Hermès avec un clin d'œil. J'ignore si nous aurons le temps de la retrouver aux Enfers avant demain, mais c'est un coup à tenter : jamais nous n'avons été aussi près de la vérité.

Phaéton eut du mal à considérer cette idée avec la même nonchalance que l'Olympien. Il se rappelait toutes les légendes qu'il avait entendues depuis sa naissance sur le royaume des morts, et il en devinait déjà tous les pièges : les monstres, les gardiens redoutables, les fleuves noyés de spectres. Aucun humain n'était jamais parvenu à en revenir vivant.

– Il va falloir faire vite. Tu partiras en tête à Cumes.

– Cumes ?

– C'est une petite ville d'Italie, au nord de la Calabre. Tu la trouveras sans peine, sur une montagne de bord de mer battue par les vagues et les embruns.

– Et que dois-je faire là-bas ?

– Un temple a été construit sur un versant de la montagne, en hommage à ton père : c'est là qu'officie la Sibylle, l'une de ses plus célèbres prêtresses – une consœur italienne de la Pythie, en quelque sorte, quoiqu'elle reçoive peu de visites. Va la voir, elle t'expliquera ce que tu dois faire pour descendre aux Enfers !

– Et vous ? Que ferez-vous ?

– Je passe par l'Olympe pour demander à Mnémosyne de se joindre à nous. Je n'ai pas le temps de t'en dire davantage, je t'expliquerai tout sur place.

– Mais où…
– La Sibylle te dira tout. Il faut partir dès maintenant, mon garçon. Le temps presse !

Dès ce moment, les choses commencèrent vraiment à s'accélérer. Phaéton tâcha d'oublier la perspective de descendre parmi les morts pour se consacrer entièrement aux consignes de son oncle. Il traversa d'un trait la mer Ionienne, survola dans toute sa largeur la péninsule italienne, et repéra facilement Cumes, au sommet d'une montagne dont les flancs tombaient à pic dans la mer. Le temple avait été construit un peu en retrait, tout près d'une forêt épaisse bordée d'un lac aux eaux noires et profondes.

Eoüs se posa devant le portique de l'entrée et Phaéton franchit la porte dorée. Tout était désert et silencieux, sans commune mesure avec l'éternel va-et-vient qui animait le sanctuaire de Delphes à toute heure du jour : ici les secrets étaient plus obscurs, plus dangereux peut-être.

Tout au fond, le temple scintillant débouchait sur une grotte sombre aux parois mal taillées, subdivisée en une multitude de couloirs étroits. Phaéton s'arrêta sur le seuil.

Un courant d'air glacé lui fouetta le visage, et une voix s'éleva des tréfonds de la caverne. C'était une voix étrange et presque imperceptible, démultipliée en autant de bribes qu'il y avait de couloirs. Elle se perdait, s'éloignait d'elle-même, se ramifiait en une centaine d'échos superposés, comme si cent personnes parlaient en même temps, puis en arrivant aux premières colonnes du temple, ces bribes éparses se rassemblaient en une phrase qui prenait enfin tout son sens.

– Écoute attentivement, fils d'Apollon ! Écoute, car ces paroles ne seront pas répétées ! Les humains ne peuvent accéder au royaume d'Hadès qu'armés d'un rameau d'or. Tu ne dérogeras pas à la règle. Descends la montagne de Cumes. Entre dans le bois consacré aux Jumeaux, et suis toujours la voie la plus obscure : elle seule te mènera à l'arbre d'or dont tu cueilleras une branche, entre le pouce et le majeur de la main droite.

La voix cessa, prolongée par d'infinis échos. Phaéton s'apprêtait à repartir quand la Sibylle reprit d'une voix plus étouffée, déformée par l'épuisement de la transe :

– Ensuite tu longeras les rives de l'Averne, jusqu'aux deux cyprès qui servent de gonds à la porte des Enfers ! Et n'oublie pas : il ne t'est permis d'entrer là que les yeux bandés, comme un aveugle entre dans une tombe obscure. Ce que tu verrais là-bas t'y enchaînerait à jamais !

La forêt qui bordait la montagne avait l'air tellement vaste et touffue que Phaéton fut d'abord découragé. C'était partout la même juxtaposition d'arbres identiques, le même enchevêtrement de buissons et d'épines, d'interminables tapis de mousse, et dans tout cela aucune empreinte, aucune trace de passage, comme si hommes et bêtes n'étaient jamais venus par là.

Il avança sans savoir au juste où diriger ses pas, puis il finit par comprendre qu'il était inutile de s'en remettre au hasard. Ces arbres sacrés avaient sans doute été plantés par Artémis selon un plan caché, un chemin secret et presque invisible. Comme l'avait conseillé la Sibylle, il suffisait de se laisser toujours porter vers l'endroit le plus sombre : une haie d'épines brunes, un groupe d'arbres plus resserrés, un bosquet obscur. On pénétrait ainsi de plus en plus dans le cœur noir de la forêt.

La progression devint plus ardue à mesure que le réseau des branches se densifiait, et Phaéton devait souvent passer à quatre pattes au milieu des taillis ou se contorsionner pour aller de l'avant. Lorsqu'il crut enfin distinguer un rai de lumière jaune à travers les broussailles, il comprit qu'il avait trouvé ce qu'il cherchait.

C'était un arbre peu élevé, presque banal, dont il fallait faire le tour pour qu'apparaisse au creux du tronc une branche d'or aussi souple qu'une badine. Elle avait l'air si fragile dans les ténèbres de la forêt que Phaéton hésita un moment à la cueillir : il craignait de détruire l'harmonie du lieu, et peut-être de commettre un sacrilège irréparable. Pourtant, quand il eut prélevé l'un des rameaux en respectant les prescriptions de la Sibylle, il vit à sa grande surprise un autre rameau pousser aussitôt à la place : en quelques secondes déjà, il bourgeonnait et se couvrait de feuilles d'un jaune plus éclatant encore.

Ainsi armé pour entrer aux Enfers, Phaéton n'avait plus qu'à rejoindre Hermès. Des hauteurs du ciel, il trouva sans peine le lac dont la Sibylle avait parlé. Sa rive occidentale longeait un pan de la forêt, et les eaux en étaient si noires qu'on aurait dit un abîme sans fond, un œil béant ouvert à la surface du monde.

Phaéton tira sur une bride, et sa monture plongea en direction des deux majestueux cyprès qu'il venait de repérer sur le bord du lac. Assis sur un rocher, les deux mains jointes sur le pommeau de son caducée, Hermès l'attendait déjà. Eoüs eut à peine le temps de se poser que le dieu bondissait vers son neveu, suivi d'une vieille déesse au dos courbé.

– Te voilà enfin ! Je me demandais si nous ne devions pas partir sans toi !

– J'ai eu un peu de mal à trouver l'arbre d'or.

– Laisse-moi te présenter Mnémosyne.

La déesse adressa à Phaéton un sourire chaleureux qui tordit les rides sans nombre de son visage, et ses yeux, perdus dans les plis du front, se mirent à briller. Le jeune homme se sentit terriblement intimidé : celle qui se tenait devant lui n'était pas seulement une déesse, c'était surtout l'une des plus anciennes, une Titanide, fille des toutes premières divinités du monde.

Il voulut s'incliner pour la saluer, mais Mnémosyne l'arrêta en passant une main rugueuse sur sa joue claire.

– Je reconnais bien là le fils de mon Apollon ! dit-elle avec tendresse.

– Pas le temps de bavarder, intervint Hermès. Il faut y aller !

Il se tourna vers les cyprès et leva sa main droite, qu'il tint fermement ouverte entre les deux arbres.

Il y eut un long moment de calme et d'immobilité, puis tout changea subitement. Le ciel prit une teinte laiteuse, et les cyprès devinrent aussi noirs que les eaux sans fond de l'Averne, comme deux fentes qu'on aurait percées dans le ciel. Phaéton entendit un grondement qui s'amplifia encore et encore, et la terre se mit à trembler. Une immense déchirure se fit d'un arbre à l'autre, le sol se déroba, mettant à nu les premières marches d'un profond escalier. La porte des Enfers était ouverte.

16

Les yeux bandés

– Après quelques jours de présence aux Enfers, expliqua Hermès, les morts qui ont longtemps erré dans l'immensité des champs noirs viennent souvent se reposer près des rives du Léthé. C'est le fleuve de l'oubli, tu le sais peut-être : ils se laissent baigner par ces eaux décapantes et quand ils en sortent, ils ont perdu le souvenir de leur vie terrestre. Une nouvelle existence commence alors pour eux. Il est possible que Délia soit déjà passée par là, et Mnémosyne est la seule à pouvoir lui rendre la mémoire.

La voix d'Hermès n'était plus qu'un filet. L'obscurité était si grande dans l'escalier qu'elle dévorait tout – les mots, le souffle des respirations et les bruits de pas. Il ne servait à rien de parler désormais.

On marcha vite, pendant deux ou trois heures. Les sandales ailées d'Hermès frôlaient à peine le sol et, malgré son dos voûté, Mnémosyne dévalait les marches innombrables avec une énergie stupéfiante. Incapable de suivre le rythme, Phaéton se laissait distancer, peu rassuré par les ténèbres qui grandissaient à chaque marche, et il poursuivit sa descente presque à tâtons jusqu'à ce qu'Hermès l'arrête, un index devant la bouche pour lui demander le silence.

– Nous arrivons à la dernière porte, dit-il dans un murmure presque inaudible. Il est temps de te bander les yeux.

Mnémosyne lui tendit une étole de soie brune qu'il noua derrière la nuque de Phaéton. Le jeune homme accepta cette contrainte sans se plaindre : à vrai dire, le bandeau n'était pas une gêne considérable, et il y voyait aussi peu que lorsqu'il n'en portait pas !

– Serre ta main sur mon épaule, ajouta Hermès. Mais surtout, reste au plus près de moi, et ne me lâche jamais !

Phaéton se colla contre son oncle, posant une main sur son épaule droite et tenant de l'autre le rameau d'or. Le silence fut rompu par un grincement : la dernière porte du monde vivant s'ouvrait lentement.

La marche reprit. Cette fois le terrain était plat. Après quelques centaines de pas, Phaéton entendit le bruissement léger d'une eau courante : ils approchaient du Styx, le fleuve souterrain qui faisait le tour des Enfers. Le sol devint moins ferme, et une odeur fade de pourriture vint piquer ses narines.

– Nous sommes au ponton, chuchota Hermès. Prends garde à la marche !

Phaéton leva prudemment la jambe, et son pied vint se poser sur une matière plus dure, des lattes de bois grinçantes et spongieuses où s'accrochaient de-ci de-là des paquets de mousse gluante. Les relents saumâtres qui se dégageaient du fleuve étaient si forts qu'on croyait entrer dans un immense charnier.

Une voix nouvelle retentit plus loin devant eux, une voix étrangement vide qui rappelait le bruit discordant d'une crécelle rouillée.

– Hermès ! Il y a si longtemps…

Hermès s'immobilisa et l'homme s'avança d'un pas traînant. La puanteur devint insoutenable, comme si c'était lui seul, et non le fleuve, qui en concentrait tous les sucs nauséabonds.

– Je ne crois pas que cette marchandise soit autorisée, dit-il en enfonçant son doigt dans le ventre de Phaéton, et ce contact étrange, aussi froid qu'une lame de glace, le prit tellement par surprise qu'il bondit en arrière et faillit tomber à la renverse.

– Laisse, Charon ! Nous sommes pressés !

– Je ne voudrais pas paraître tracassier, mais… je suppose qu'il a une autorisation spéciale d'Hadès. Un laissez-passer.

– Le rameau d'or ne te suffit pas ?

Phaéton entendit Charon passer et repasser sa main dans sa barbe râpeuse. Contre lui, Hermès bouillait d'exaspération.

– C'est bon ! Vous pouvez monter. *Les autres* devront patienter.

Phaéton songea qu'ils n'étaient sans doute pas

seuls sur ces rives : combien de morts, près d'eux, attendaient de pouvoir traverser le fleuve pour trouver le repos ?

Sans attendre, Hermès guida son neveu jusqu'à une embarcation amarrée à l'extrémité du ponton, une coque branlante qui prenait un peu l'eau et grinçait autant que la voix de son pilote. Mnémosyne y monta à son tour et s'assit sur l'un des deux bancs qu'on avait scellés en travers. Il y eut ensuite le raclement d'une corde qu'on tire, et l'embarcation s'éloigna lentement du rivage.

Hermès s'inclina vers Phaéton pour lui chuchoter à l'oreille :

– Ne te penche surtout pas, et ne laisse pas traîner ta main par-dessus bord ! Le lit du fleuve est rempli d'âmes perdues qui auraient vite fait de t'emporter.

– Des âmes perdues ?

– Ce sont les âmes des humains qui finissent leur vie oubliés de tous, sans sépulture ni cérémonie funèbre. Elles échouent ici puisqu'elles n'ont pas le droit d'accéder aux Enfers. Elles sont comme l'eau du fleuve, mais une eau terrible dont il faut se méfier.

La traversée parut durer une éternité. La barque avançait mollement, et Phaéton se demandait s'ils atteindraient jamais l'autre rive quand quelque chose vint brusquement griffer son avant-bras, comme un doigt crochu jaillissant de l'eau pour l'agripper : la coque s'engageait dans un massif de joncs humides.

Charon se leva et utilisa une gaffe pour se rapprocher du bord.

– Vous pouvez descendre, maugréa-t-il.

Phaéton posa le pied sur un sol mou. Il devinait une herbe rase et poisseuse, une masse épaisse d'alluvions où les sandales risquaient à chaque pas de s'embourber.

– Le Styx est entouré de sables mouvants, expliqua Hermès. C'est une protection supplémentaire qu'Hadès a prévue contre les intrus et les maraudeurs.

– Qui pourrait bien se risquer ici de son vivant ?

– Bien plus d'humains que tu ne le crois. Des téméraires qui se lancent un défi, ou des amoureux qui veulent retrouver un être cher emporté par la mort. S'ils arrivent à franchir le Styx, ils finissent en général englués dans les marécages et nul n'entend plus jamais parler d'eux. Ceux qui en réchappent ne vont pas beaucoup plus loin : Cerbère est un gardien infaillible !

Très vite, en effet, l'herbe gluante laissa place à un sol de pierre et, avec l'écho que faisaient leurs sandales, avec l'obscurité qu'il sentait plus épaisse derrière son bandeau, Phaéton devina qu'ils évoluaient à présent dans une grotte gigantesque. Alors s'éleva un sifflement, suivi d'un deuxième et de mille autres. Un immense nid de serpents se réveillait peu à peu, au milieu de grondements sourds et de grognements de mâchoires : c'était Cerbère !

– Attends ici ! intervint Hermès. Il vaut mieux que j'y aille moi-même.

Il laissa Phaéton seul au milieu de la caverne qui résonnait partout de la folie meurtrière du Chien. Quelques secondes lui suffirent pour faire taire les râles et les sifflements, puis il rejoignit son neveu.

– Mon caducée est une arme merveilleuse pour calmer certaines ardeurs, dit-il d'une voix malicieuse. Cerbère est à présent aussi redoutable qu'un chiot, nous pouvons passer sans crainte. Ensuite nous prendrons un raccourci pour arriver plus vite au palais.

Pendant une vingtaine de minutes, ils empruntèrent des galeries de plus en plus étroites, puis un raclement de pierre se fit entendre devant eux. Une nouvelle porte coulissait dans la roche.

– Je peux te délivrer, maintenant.

Hermès dénoua le bandeau de Phaéton. Tout était noir dans la grande salle du palais, mais les choses y émettaient une sorte de vibration, d'éclat sombre qui éblouissait un peu. Au centre, assis sur un trône de diamant noir, Hadès lissait de la main la pointe de sa barbiche, tout en écoutant ce que lui disait une haute silhouette encapuchonnée debout devant lui. Il avait l'air profondément ennuyé.

– Oui, c'est grave, je le sais ! dit-il d'une voix excédée. Mais enfin, que veux-tu que j'y…

Il s'interrompit, prenant soudain conscience de la

présence des trois nouveaux venus, et son visage se mit à rayonner.

– Ho, des visiteurs ! Hi, hi ! Des visiteurs !

Il se leva prestement de son trône et vint à leur rencontre d'un pas alerte, un large sourire aux lèvres.

– Ah, attendez ! dit-il, se ravisant en chemin. Je ne suis pas prêt ! Hi, hi, hi ! Je ne suis pas prêt !

Il pirouetta derrière le haut dossier du trône, d'où il émergea quelques secondes plus tard, le visage étrangement changé. Il avait accroché à ses yeux deux disques de cristal qui agrandissaient excessivement la taille de ses pupilles et le faisaient loucher de manière assez insolite.

– Hi, hi, hi ! Je suis content de te voir, Hermès. Chère Mnémosyne !

Il se pencha vers la vénérable Titanide, et ses yeux semblèrent sortir brusquement de leurs orbites : montés sur une sorte de ressort, ils pendaient à hauteur des joues, où ils oscillaient bêtement de haut en bas. Mnémosyne haussa les épaules.

– Hadès, tu es impossible !

– *Impossible*, c'est le mot ! Hi, hi, hi !

D'un geste rapide, il ôta de ses yeux les disques de cristal et tendit une main vers son neveu pour le saluer à son tour. Hermès lui serra le poignet avec un peu de défiance, et il n'avait pas tort : l'avant-bras de son oncle se déboîta et lui resta entre les doigts. Phaéton bondit de surprise, mais déjà Hadès sortait d'un pan de son drapé mauve son véritable membre.

– Nous n'avons pas le temps pour ces enfantillages ! grommela Hermès en jetant le bras postiche avec humeur.

– Oh, Hermès ! Quel triste sire tu fais, mon pauvre neveu ! Permets-moi d'offrir à Mnémosyne ces quelques fleurs !

Il fit apparaître un magnifique rond de violettes frangées de noir, que la déesse méprisa d'un nouveau haussement d'épaules. Il se tourna vers Phaéton.

– Allons, accepte-les, toi au moins !

Il essayait de garder son sérieux, retenant à grand-peine un nouveau fou rire. Phaéton hésitait, sachant d'avance qu'il regretterait d'avoir cédé, mais il n'osait rien refuser à ce dieu qu'on lui avait appris depuis toujours à craindre plus que tous les autres. À peine eut-il tendu la main que les violettes se changèrent en une myriade de couleuvres qui se mirent à grouiller le long de son bras. Épouvanté, il s'agita frénétiquement pour les faire tomber. Hadès éclata d'un rire enfantin, et aussitôt les couleuvres disparurent.

– Assez ! dit Mnémosyne, d'une voix tranchante. Nous ne sommes pas venus pour te distraire.

Hadès fronça les sourcils et fit une moue boudeuse.

– Oui, je sais pourquoi vous êtes venus.

Et il se tourna vers la silhouette noire qui patientait encore près du trône.

– Va la chercher !

Tandis que son serviteur s'éloignait, Hadès posa un regard curieux sur Phaéton.

– Tu es le fils d'Apollon, n'est-ce pas ?

Le jeune homme hocha la tête, incapable de parler. Un sourire matois passa sur le visage du roi des Enfers.

– J'ai une devinette pour toi ! Voyons, écoute bien ! Hi, hi, hi ! Écoute-moi bien !

Hermès soupira bruyamment pour montrer sa désapprobation, mais son oncle fit mine de ne pas entendre.

– *Neuf rayons du soleil, nous resplendissons sans briller : qui sommes-nous ?*

Phaéton allait répondre, mais il se demanda s'il ne valait pas mieux se taire pour éviter une nouvelle farce de son oncle. Le retour du serviteur le sauva de l'embarras.

– Voilà la Pythie ! s'exclama Hermès. Nous allons enfin tout savoir…

17

Souvenirs de la Guerre Blanche

Délaissant Hadès et ses mauvaises devinettes, Hermès et Mnémosyne s'étaient précipités vers l'ombre que le serviteur obscur amenait avec lui. Phaéton resta à distance : la mort lui apparaissait comme une maladie contagieuse, prête à le contaminer s'il s'approchait de l'âme de la Pythie.

La pauvre prêtresse n'était plus qu'une ombre aux traits vagues, sans yeux ni bouche, un paquet de brume noire que les courants d'air traversaient sans cesse, prêt à chaque instant à se dissoudre dans la nuit, et cependant on y devinait une lueur palpitante : son âme résistait encore.

Hermès la regarda longuement avant de se tourner vers Mnémosyne.

– J'ai bien peur qu'elle ne se soit déjà baignée dans les eaux du Léthé.

– Ne t'inquiète pas ! Elle n'est pas ici depuis longtemps. La mémoire lui reviendra vite…

– La mémoire ? intervint Hadès. Mais qu'avez-vous l'intention de f…

Il s'interrompit subitement, et ses yeux s'exorbitèrent quand il vit se produire cette chose incroyable, cette chose que même un dieu aussi puissant que lui n'aurait jamais osé faire : Mnémosyne prit les deux poignets de la Pythie. Aussitôt, l'ombre commença à se colorer, quelques veines d'un rouge pâle apparurent, un éclat de lumière ranima ses pupilles, et peu à peu la Pythie reprit forme sous les yeux de tous. Son âme brillait avec intensité ; la vie lui était revenue.

Sa bouche s'ouvrit brutalement, comme celle d'un nageur resté trop longtemps sous l'eau, mais l'air passait mal dans ce grand trou obscur, et des sifflements entrecoupaient sa respiration.

– Tu peux y aller, chuchota Mnémosyne. Mais ne la brusque pas trop ! J'ai l'impression qu'elle essaie de se fermer à ses souvenirs d'avant.

Hermès acquiesça d'un air entendu, et s'approcha à son tour de la Pythie.

– Délia ?

À ce nom, la prêtresse fut traversée par un léger frisson, et ses yeux s'éclairèrent davantage.

– Nous avons besoin de toi, Délia ! Toi seule peux nous aider à déjouer le complot de ceux qui ont causé ta mort. Tu dois nous parler du secret que ta sœur t'a demandé de garder.

Le corps de la jeune femme fut soulevé par un violent soubresaut, puis elle commença à parler. Sa voix était faible et lointaine.

– … secret… le secret… Non ! Non… je ne peux pas… j'ai promis…

Hermès voulut lui saisir l'épaule pour l'encourager à poursuivre, mais Mnémosyne l'en dissuada d'un haussement de sourcils :

– La pression est trop forte. Elle ne dira rien.

– Mais c'est pour cela que nous sommes venus, répliqua son petit-neveu. Nous ne pouvons pas reculer.

– Je sais, Hermès. Mais elle ne dira rien, je peux te l'assurer.

– Alors, essayons autre chose !

Et sans se laisser décourager, il se tourna de nouveau vers la prêtresse.

– Parle-nous du pendentif qu'Héra t'a donné !

Un sourire flotta sur les lèvres de la Pythie.

– … pendentif… Héra…

– Oui, insista Hermès. Le rubis avec le morceau de plume.

– … pas… pas à moi… Pas à moi ! Donné… donné à Callista.

– Héra l'a offert à ta sœur ? s'étonna Hermès.

La Pythie se calma un peu, satisfaite d'avoir été comprise.

– Et c'est Callista qui te l'a remis ensuite ?

– Oui… avant son… avant son départ…

– Tu sais où elle est, n'est-ce pas ? Tu sais où se trouve Callista ?

– … sais pas où… sais avec qui…

Le visage tendu, Hermès ne put résister et, enfreignant l'interdiction de sa grand-tante, il posa une main sur l'épaule de la prêtresse.

– Parle, Délia ! Il faut tout dire, à présent ! Avec qui est-elle ?

– Callista… avec… avec…

Les spasmes revinrent avec une violence décuplée : la Pythie luttait de toutes ses forces pour prononcer ce mot impossible qui donnait pourtant la clef de tout. Mnémosyne s'apprêtait à lâcher ses poignets quand la prêtresse ouvrit la bouche, et un cri immense retentit dans la pièce : *AVEC ZEUS*.

Alors les ténèbres s'abattirent sur Délia, la mort reprit possession d'elle, et en une seconde elle redevint cette ombre noire et inconsistante qu'ils avaient vue entrer dans la salle du trône. S'échappant des mains de Mnémosyne, ses bras immatériels retombèrent le long de son corps. Son âme était terne à nouveau. Il n'y avait plus rien à attendre d'elle.

– J'ai fait tout ce qui était en mon pouvoir, soupira la Titanide. Mais l'attraction de la nuit était si forte qu'elle n'a pas pu lutter longtemps.

Hadès fit un geste impérieux de l'avant-bras et le serviteur s'effaça vers la sortie, suivi par l'ombre de la Pythie. Phaéton pensa aux parents éplorés de la pauvre prêtresse, et son cœur se serra en voyant ce qu'elle était devenue, elle qui avait été tellement aimée sur terre.

De son côté, Hadès réintégra son trône avec un air ostensible de contrariété.

– Mais enfin, sacrevent ! Pourrais-je savoir ce qui se passe ici ? Quelle est cette mascarade ?

Sa voix déraillait comme les gonds mal huilés d'une porte qui résiste.

– Zeus a été enlevé par les Vents, expliqua Hermès. Et si nous devons croire la Pythie, c'est Callista qui les y a aidés. Cette jeune fille était très belle : quel meilleur appât pour obliger Zeus à quitter l'Olympe et l'attirer dans un endroit isolé où il serait sans défense ? Je comprends bien des choses maintenant… Ces flèches qu'Éros croyait avoir perdues, quelqu'un les a volées pour allumer dans le cœur de Zeus la passion qui lui serait fatale.

– Mais que vient faire Héra dans cette histoire ?

– Elle est du côté des Vents, bien sûr ! Le pendentif en est la preuve, ce pendentif qu'elle a offert à Callista pour acheter sa complicité et assurer sa protection. Mais, sans doute prise de remords avant d'aller retrouver Zeus une dernière fois, Callista a laissé le bijou à sa sœur.

Hadès éclata malgré lui d'un rire aigu.

– Mais c'est machiavélique ! s'exclama-t-il. Héra a utilisé l'infidélité de son mari pour… hi, hi, hi ! On pourrait dire… hi, hi… que mon frère a été pris à son propre piège ! Ah non, c'est vraiment… hi, hi, hi… c'est vraiment terrible !

Il riait si fort qu'il en venait presque à s'étrangler,

et des larmes ruisselaient sur ses joues, venant tacher son drapé mauve d'auréoles roses. Mnémosyne était consternée, et Hermès dut avoir encore recours à son caducée pour apaiser la crise de nerfs de son oncle.

– Je comprends maintenant comment la Pythie a pu avoir sa vision, enchaîna-t-il. C'est ce pendentif qui l'a fait entrer en contact sans le vouloir avec Héra et ses complices. Elle a pénétré au cœur du complot, elle a tout vu en un éclair, et elle a tenté de prévenir Apollon.

– Mais, intervint Mnémosyne, pourquoi Héra ? Qu'a-t-elle à y gagner ?

– Le pouvoir peut-être. L'envie de sortir de l'ombre de ce mari qu'elle déteste depuis trop longtemps. Il faudra lui demander : elle aussi aura à répondre de beaucoup de choses…

– Et dire que mon père est parti à sa recherche ! s'exclama Phaéton.

– Je ne suis pas sûr qu'il ait pu la retrouver sur l'Olympe. Elle doit avoir mieux à faire en ce moment que languir là-bas loin de ses complices ! L'heure de leur vengeance approche, et nous avons encore si peu de temps pour nous organiser.

Il se tourna vers son oncle.

– Tu nous excuseras, Hadès, si nous repartons tout de suite.

– Je vous raccompagne, dit le dieu des Enfers en se levant.

Ils traversèrent la salle du trône, passant entre les voiles noirs suspendus un peu partout. Au moment de sortir, Mnémosyne prit le bras d'Hermès.

– Je crois que je vais rester ici, dit-elle d'un air las. Le voyage m'a déjà beaucoup fatiguée, et je ne serais pour vous qu'un poids inutile.

Son visage était blême, on l'aurait crue vieillie de centaines d'années supplémentaires.

– Quant à moi, renchérit Hadès un peu gêné, ne m'en veuillez pas si je ne viens pas avec vous ! Je voudrais vous aider, mais des choses graves ont eu lieu récemment qui me retiennent ici…

– Des choses *graves* ? dit Hermès en haussant un sourcil. Plus graves encore que les menaces qui pèsent sur les Olympiens ?

Hadès hésita à répondre, comme s'il avait honte de se justifier :

– Eh bien… Il paraît que les hécatonchires se sont évadés !

– Il *paraît* ?

Hadès rougit violemment.

– C'est ce qu'on vient de m'apprendre, mais je n'ai pas eu le temps de vérifier. Ils auraient disparu depuis trois ou quatre semaines, je n'en sais pas davantage.

– Hadès, te rends-tu compte de l'importance de cette nouvelle ? À l'heure où les Olympiens sont déjà tellement en danger…

Phaéton s'approcha discrètement de Mnémosyne

et lui demanda à voix basse ce qu'étaient les hécatonchires.

– Ce sont trois frères de Cronos. Trois frères terribles et très puissants, dotés chacun de cent bras et cinquante têtes. Ils ont joué un grand rôle durant la Guerre Blanche : Zeus s'est servi d'eux pour s'assurer la victoire sur les Titans.

– Et pourtant, ils ont été enfermés aux Enfers ?

– Zeus a toujours été un enfant gâté et capricieux. C'est par pur caprice qu'il a voulu prendre la place de son père Cronos sur le trône. Ce fut une guerre terrible, tu sais ! Zeus n'aurait jamais pu la gagner sans l'aide des hécatonchires. Il faut croire qu'il a été assez persuasif pour les convaincre de rejoindre son camp. Et pourtant, une fois la victoire acquise, il s'est très vite débarrassé d'eux : c'étaient des alliés trop incertains, trop difficiles à contrôler.

– Et les Titans, que sont-ils devenus après leur défaite ?

– Enfermés aux Enfers eux aussi, dans des oubliettes de pierre particulièrement profondes, et on n'a plus jamais entendu parler d'eux depuis ces jours lointains. Zeus n'a eu aucun remords : même ses propres parents y sont passés. Quelques-uns ont été épargnés heureusement, des Titans qui s'étaient ralliés à la cause des Olympiens, comme moi.

– Les hécatonchires ! s'écria Hermès en se frappant le front. Ce n'est pas un tas de cadavres que Perséphone a aperçu hier soir sur l'attelage de Borée :

c'était un hécatonchire ! Et ce sang noir dans la galerie, c'était le sien !

– Qu'allons-nous devenir si ces monstres font partie du complot eux aussi ? gémit Hadès, la tête enfoncée dans les épaules.

– Il y a bien pire, souffla Hermès.

Il se tourna vers son neveu.

– Rappelle-toi le repaire de Borée : le tas de pierres fraîchement déplacées à l'entrée, les poutres au plafond de la caverne. Rappelle-toi les bruits entendus par les cyclopes sous l'Etna, et ces deux séismes dans le nord et le sud de l'Italie. Tu comprends, Phaéton ?

Le jeune homme hocha la tête :

– Ce sont les hécatonchires qui ont creusé cette galerie ! Et ils en ont sûrement creusé plus d'une !

– Trois, sans doute ! Une chacun. Avec leurs cent bras, ce sont des mineurs particulièrement efficaces, tu ne crois pas ? Les Vents n'auraient pas pu trouver meilleurs alliés.

Son visage s'éclaira.

– Le souterrain de Calabre n'était ni une cachette ni une forge secrète, comme nous l'avons cru. Je suis sûr que les trois galeries creusées par les hécatonchires convergent toutes vers la Sicile. Et sais-tu ce qui se trouve dans les tréfonds de la terre sous l'Etna, bien plus profond encore que la forge de mon frère ? Sais-tu ce qui se trouve là-bas, Phaéton ?

– Non ! s'écria Hadès d'une voix suraiguë, les yeux

exorbités de terreur. Non, non, non ! C'est impossible ! Tout simplement impossible !

Il remuait la tête frénétiquement, se martelant le crâne de ses deux poings serrés. Son visage était livide.

– Mais de quoi parlez-vous ? demanda Phaéton.

Ce fut Mnémosyne qui lui répondit, avec son calme habituel :

– À la fin de la Guerre Blanche, les Titans ont utilisé une arme ultime qui devait terrasser la résistance des Olympiens et des hécatonchires : un monstre difforme et effrayant né des entrailles de la terre : Typhon. La déroute a été totale chez les Olympiens, et sans l'aide des cyclopes qui ont trahi les Titans pour apporter à Zeus le premier éclair, ils auraient été balayés par le monstre. Zeus a lancé la foudre blanche, et Typhon, terrassé, est retourné d'où il était sorti.

– Vous voulez dire que… les Vents ont l'intention de faire revenir ce monstre ?

Hermès le regarda droit dans les yeux, ses pupilles vacillaient :

– Oui, Phaéton. C'est lui, l'ogre des dieux dont parlait la Pythie.

18
Le réveil de l'ogre

Tandis que la barque de Charon avançait avec sa lenteur habituelle et qu'Hermès enrageait d'impatience à ses côtés, Phaéton essayait de se remémorer toutes les légendes qu'il avait entendues depuis son enfance, pour y trouver la trace de Typhon – mais en vain : les humains n'en connaissaient sans doute pas l'existence, c'était un secret d'avant la naissance des hommes, un secret du début du monde. Même Hermès avait du mal à le décrire.

– Je m'en veux d'avoir oublié, nous aurions pu tout empêcher plus tôt. Mais les dieux ont une si pauvre mémoire, et tout ça est tellement vieux…

Il eut un rire amer, puis il ajouta :

– Je me souviens surtout de la peur ! La peur qui nous a tous saisis à la vue de Typhon. Tu ne peux pas imaginer, neveu ! Les Olympiens étaient si épouvantés que leur première réaction a été la fuite. Ils sont partis le plus loin possible et sont allés se cacher comme des rats dans leurs terriers. Tu te rends compte ? Comme de vulgaires rats ! Seul Zeus a tenté de l'affronter, mais d'un coup de griffe le monstre lui a arraché les tendons des bras et des jambes. Il lui en reste encore de terribles cicatrices.

– C'est à ce moment-là que les cyclopes ont rejoint votre camp.

– Oui, et je ne sais pas ce que Zeus leur a promis en échange de cette trahison. Il a dû marchander avec eux comme avec les hécatonchires. Sans eux en tout cas, Cronos serait encore le roi des dieux à cette heure.

– Et Typhon ?

– Étourdi par la foudre, il a rejoint les gouffres du monde. Les hécatonchires ont déversé sur lui des montagnes entières pour le recouvrir, et ils ont scellé le tout avec la Sicile et les sommets de l'Etna. Quelques années après, Héphaïstos a installé sa forge sous le volcan. C'était un endroit stratégique d'où il devait surveiller Typhon, mais j'ai peur qu'il ait fini par oublier lui aussi…

– Pourtant les cyclopes s'en sont souvenus. Ils ont compris avant tout le monde ce qui se passait. Ces bruits qu'ils entendaient, c'étaient le travail souterrain des hécatonchires et les mouvements que Typhon commençait à faire pour se libérer.

– Et ils ont fui au lieu de nous prévenir ! Je ne les pensais pas si lâches, mais qu'importe, à présent ! Il faut qu'on arrive là-bas avant l'aube : Héphaïstos et

Apollon nous attendent dans la forge, et j'ose à peine imaginer ce qui risque de se produire si Typhon parvient à se soulever.

– Il n'y a vraiment rien à faire pour l'empêcher ?

Hermès se tut un instant, comme s'il répugnait à répondre.

– Nous avons eu beaucoup de chance que la galerie de Calabre se soit effondrée : c'est une de moins, et il faut sûrement en remercier ce lourdaud d'hécatonchire qui est tombé sur un nerf sensible de la croûte terrestre. Mais il en reste deux autres à trouver avant qu'ils ne libèrent Typhon.

À ce moment, comme pour répondre aux paroles du dieu, un gigantesque fracas se fit entendre. Tout vacilla autour d'eux, et la barque elle-même se mit à tanguer dangereusement.

– Que se passe-t-il ? couina Charon en lâchant ses rames.

Les yeux bandés, Phaéton sentit Hermès se lever à ses côtés.

– À gauche, Charon ! Attention à la vague !

Il se précipita vers les rames pour tenter de stabiliser l'embarcation.

Au milieu du tumulte, Phaéton perçut un grondement tout proche, le grondement d'une eau ruisselante qui s'amassait et contractait ses forces avant de déferler. Le niveau du fleuve sembla baisser de moitié, comme s'il se préparait déjà à engloutir la coquille de noix, et aussitôt la vague annoncée par Hermès s'abattit de toute sa puissance sur la barque. Le choc fut si violent que Phaéton ne comprit pas tout de suite ce qui s'était passé : il se sentit basculer dans le vide et entrer dans quelque chose de froid qui l'enveloppa complètement. Il venait de tomber dans le Styx.

Il tenta de battre des pieds et des mains pour remonter à la surface, mais le froid était si saisissant qu'il ne parvenait pas à bouger. Les eaux putrides du fleuve étaient trop poisseuses pour qu'on puisse y nager librement ; s'insinuant dans sa bouche et ses narines, elles se transformaient en longs filaments gluants qui entraient dans sa gorge, s'accrochaient à lui, agrippaient ses jambes et sa tunique pour l'attirer vers le bas : c'étaient les bras des morts qui tentaient de le retenir pour absorber sa chaleur et retrouver un peu de la vie dont ils étaient privés dans ce fleuve croupissant.

Pris de panique, Phaéton se tordit dans tous les sens pour s'arracher à eux, mais leur étreinte était trop forte, il ne faisait qu'y perdre ses dernières forces. Bientôt il serait peut-être trop tard, il arriverait à bout de souffle, et il ne serait plus, lui aussi, qu'une ombre en décomposition roulant à jamais dans le fond du Styx.

Ce fut sa dernière pensée. Un filament vint se coller au creux de son ventre, un froid intense lui brûla les entrailles, et il perdit conscience…

La première sensation qui lui revint fut un goût de vase âcre dans la bouche. Le bandeau lui avait été enlevé, et il pouvait voir le visage d'Hermès penché sur lui.

– Enfin ! dit son oncle avec un soupir de soulagement. Je commençais à me demander si tu n'étais pas resté trop longtemps dans l'eau.

Phaéton se releva lentement. La tête lui tournait encore, ses bras étaient marqués de plaques livides où la chair paraissait entièrement vidée de son sang. Il frémit en songeant à ce qui lui serait arrivé si son oncle n'était pas intervenu à temps pour le remonter à la surface.

Il voulut ouvrir la bouche pour le remercier, mais quelque chose restait collé au fond de son palais et l'empêchait de bien articuler.

– Ne parle pas encore ! conseilla Hermès. Garde de l'énergie pour la fin du voyage !

Phaéton regarda autour de lui et constata qu'ils se trouvaient au pied du grand escalier. Il n'était demeuré qu'une poignée de secondes dans les eaux du Styx, et pourtant la puissance d'aspiration exercée par les morts était si grande qu'elle avait suffi à l'épuiser complètement : il ne se sentait pas le courage de gravir ces marches innombrables.

– Je pars en avant, dit Hermès, auquel le découragement de son neveu n'avait pas échappé. Reste ici le temps de te remettre !

Phaéton se planta en face de son oncle : pouvait-il

abandonner maintenant, après toutes les épreuves qu'il avait déjà traversées ?

– Non, je viens !

Hermès le regarda fixement, et son éternel sourire revint furtivement sur ses lèvres.

– Tu es bien pâle encore…

– Ça ira.

– Alors dépêchons-nous !

Le trajet fut long et laborieux. En s'extirpant de la chape de pierre sous laquelle il avait hiberné pendant des siècles, Typhon avait engendré un tremblement de terre bien plus grave que celui qui avait affecté la Calabre quelques jours plus tôt. L'escalier était encombré de pierres entre lesquelles il n'était pas facile de se faufiler. À d'autres endroits, c'étaient des crevasses à peine visibles dans l'obscurité du couloir, et qui obligeaient par prudence à ralentir la marche.

Phaéton arrivait au bout de ses forces. Les élancements dans la poitrine et les brûlures blanches sur sa peau étaient devenus si pénibles qu'il se sentait au bord de l'évanouissement, et il fut bien heureux de retrouver enfin le dos d'Eoüs quand ils parvinrent aux rives de l'Averne !

Ils prirent leur envol, et c'est à ce moment qu'ils comprirent l'ampleur du désastre : sorti de terre, Typhon leur apparaissait dans toute son horreur…

L'impression de force qu'il dégageait était absolument effrayante. Les deux ailes qu'il déployait semblaient s'étendre d'un bout à l'autre du monde, et ses cent têtes se perdaient dans les hauteurs du ciel où des filaments de nuages se confondaient avec la fumée noire qui s'échappait de ses naseaux : c'étaient cent têtes de dragons dont les gueules béantes s'ouvraient sur une triple rangée de mâchoires, et de ces puits de ténèbres s'échappaient des hurlements entremêlés de longues coulées de flammes.

Couvert d'un amas d'écailles sombres et putrides, son corps restait immobile, coincé dans le sol au niveau du bassin, et il tentait de s'en arracher en agitant ses trois cents bras. Dotés de petites têtes de dragonneaux qui lui faisaient office de mains, ces longs membres s'entortillaient sans fin, puis ils se détendaient avec la vitesse d'un ressort, et rien ne pouvait alors échapper à leurs coups de mâchoires féroces : leurs dents étaient assez aiguisées pour déchirer, lacérer et réduire en miettes sans le moindre effort.

À ses hanches était raccordée une quantité infinie de longs serpents qui recouvraient presque entièrement la Sicile. Contre lui, l'Etna ressemblait à un fragile pâté de sable ; le flanc ouest avait été complètement arraché, provoquant une éruption volcanique si violente que de hauts geysers de lave s'élançaient au-dessus du cratère et projetaient de vastes coulées rougeoyantes sur ce qui restait de l'île. Les serpents n'échappaient pas toujours au contact foudroyant de cette lave en fusion, mais loin de les brûler, elle se solidifiait sur leur peau glacée et formait sur les écailles une cuirasse plus compacte.

Le sang de la terre, avait dit la Pythie neuf jours plus tôt – et malgré tous les efforts entrepris, rien n'avait pu empêcher l'accomplissement de sa prophétie. La fin du monde était à l'œuvre.

19
Dans la mêlée

Hermès esquissa un sourire amer :

– Typhon est coincé, nous avons au moins cet avantage. C'est une chance inouïe que les hécatonchires n'aient pu terminer que deux galeries sur les trois prévues.

Il avait à peine achevé sa phrase qu'un météore émergea du trou béant qui avait ravagé la face ouest de l'Etna : un cheval monté par deux cavaliers s'éleva rapidement dans le ciel, évitant de justesse les jets de lave qui éclaboussaient le volcan de tous côtés.

– C'est Pyroïs ! s'exclama Phaéton. On dirait qu'Héphaïstos et mon père ont réussi à s'échapper.

Ils s'empressèrent de les suivre et les rejoignirent au moment où ils amorçaient leur descente vers une petite crique sur la côte africaine. Derrière eux Typhon rugissait violemment, sans doute furieux de voir ces proies hors d'atteinte ; tordue par la rage, sa ceinture de serpents se dressa tout autour de lui avec un sifflement haineux, et il abattit un bras sur le volcan qui vola en éclats avec de nouvelles explosions de lave.

Pendant qu'Apollon aidait Héphaïstos à mettre pied à terre, trois déesses vinrent à leur rencontre sur la plage.

– J'ai eu tellement peur ! s'écria Artémis en sautant au cou de son frère jumeau. J'ai cru que vous ne vous en sortiriez jamais !

Aidé par Déméter et Perséphone, Apollon prit le temps d'asseoir son frère contre une motte de sable. Phaéton remarqua qu'il portait dans son dos, comme sa sœur, un carquois doré duquel s'échappaient les pointes de quelques flèches.

– Héphaïstos était coincé sous un pan de mur, il a fallu que je le dégage.

Déméter se pencha vers le forgeron : une déchirure dans sa cuirasse laissait apparaître une chair sanguinolente à hauteur de la cuisse gauche.

– Il faudrait faire appel à Asclépios de toute urgence.

– Ça attendra, grogna Héphaïstos. Nous avons mieux à faire pour l'instant.

Apollon regarda un à un les membres du petit groupe qui faisait cercle autour de lui, et il secoua tristement la tête.

– Quel échec ! dit-il d'une voix sépulcrale. Quel échec pitoyable ! Nous n'avons rien pu empêcher. Rien. Et les choses recommencent comme aux pires jours de la Guerre Blanche…

– Sauf que nous sommes plus expérimentés. Et plus déterminés.

Les yeux d'Artémis pétillaient d'une lueur farouche.

Encore rempli d'épouvante, Phaéton avait du mal à adhérer à l'enthousiasme de sa tante : Typhon était si puissant, et eux si peu nombreux pour lui faire face ! Il songea avec amertume aux trois Olympiens les plus influents, ces trois frères qui s'étaient partagé l'empire du monde à l'issue de la Guerre Blanche. Où étaient-ils maintenant pour défendre leur terre ? Zeus avait été lamentablement pris au piège, Hadès tremblait de peur au fond de son royaume, et Poséidon n'accepterait jamais de sortir du lit de ses océans pour s'intéresser au sort du monde. Quant aux autres Olympiens, ils avaient presque tous fui cette fois encore, cadenassés dans leurs chambres luxueuses sur les hauteurs lointaines de l'Olympe, attendant qu'on les délivre du danger sans songer un seul instant à participer à la lutte.

Artémis, elle, était loin de tout cela : tout entière dans l'énergie du combat, elle n'envisageait que les moyens de parvenir à la victoire.

– Nous savons quel est son point faible : au milieu de sa poitrine, là où Zeus l'a frappé la dernière fois. C'est là que nous devons porter nos attaques.

À cet instant, un immense craquement se fit entendre. Au loin, Typhon tentait de se libérer, sa taille s'agitait de convulsions violentes qui déchiquetaient le sol de pierre autour de lui, et ses trois cents bras s'activaient sans fin à déblayer les rochers qui l'entravaient.

– Nous ne pouvons plus attendre, cria Artémis, et ses yeux roulèrent à toute vitesse dans leurs orbites. S'il arrive à se dégager, il n'y aura plus rien à faire.

Elle émit un petit sifflement musical, et une biche ailée sortit gracieusement de l'ombre d'un arganier. Elle l'enfourcha, rajusta le carquois qu'elle tenait en bandoulière, et après s'être retournée une dernière fois pour jeter à son frère un regard implorant, elle s'envola vers la Sicile.

– Feux saints ! dit Héphaïstos en se levant. On ne va quand même pas la laisser partir seule ! Déméter, il faut que tu me laisses ton serpent.

– Mais... tu ne vas pas aller combattre avec cette blessure.

– Nous n'avons pas le choix.

Il se dirigea derrière une dune d'où il ramena un énorme serpent ailé dont la gueule était fermement muselée. Il se mit en selle et s'élança en direction de Typhon. Apollon et Hermès le suivirent sans tarder.

En voyant arriver ces quatre dieux qui venaient le défier, le monstre s'interrompit, et les reptiles qui lui ceignaient la taille se figèrent. S'ouvrant en grand, les cent gueules de Typhon émirent alors un ricanement rauque qui se termina par une immense coulée de feu. Les dieux firent un écart pour éviter la pointe des flammes, et ce fut le signal qui marqua le début des hostilités. Avec une rapidité foudroyante, les serpents se hérissèrent pour faire rempart contre le corps de Typhon, tandis que le monstre battait l'air de ses trois cents bras pour tenter de happer avec férocité l'un des Olympiens.

Sortant l'arc souple et léger qu'ils gardaient rangé dans leur carquois, Apollon et Artémis plongèrent pour se rapprocher. Ils avaient lâché les rênes pour mieux utiliser leur arc, et serraient leurs montures entre leurs cuisses pour les manœuvrer. Ils se glissèrent au milieu des serpents et des bras entortillés, prenant garde aux jets de venin, aux flammes et aux coups de dents qui les menaçaient de toutes parts. Ils décochèrent simultanément deux flèches qui s'élancèrent comme des rayons de soleil et vinrent se ficher à l'intérieur de deux gueules de dragonneaux. Les mâchoires des monstres se refermèrent avec un bruit sec, brisant net la hampe qui s'était enfoncée jusqu'à leur gosier, mais le mal était déjà fait : les têtes s'éclairèrent d'une lumière qui grandit instantanément et gagna les bras tout entiers. Il y eut un éclair, une brûlure, et les deux membres retombèrent sans vie le long du corps de Typhon.

Le monstre poussa un hurlement de douleur qui fit gronder le ciel comme cent coups de tonnerre. Depuis la plage où il assistait de loin au combat, Phaéton ne vit plus qu'une mêlée inextricable d'ombres fulgurantes d'où surgissaient parfois l'aile blanche de Pyroïs, un jet de flammes ou une pluie de flèches dorées.

Profitant de cette diversion, Hermès prit d'assaut la ceinture reptilienne qui protégeait encore la poitrine de Typhon. Dans ses mains, le caducée était devenu une arme formidable dont le contact suffisait à endormir les serpents gigantesques, et les deux orvets qui s'étaient réveillés autour du bâton se hâtaient de dévorer les yeux de leurs proies assoupies pour les achever. Hermès ne manquait pas d'adresse, et les sandales ailées lui donnaient une liberté de mouvement que n'avaient ni Apollon ni Artémis : ses attaques faisaient mouche à chaque fois.

Quant à Héphaïstos, un instant désemparé, il avait plongé dans ce qui restait de l'Etna sans prendre la peine de contourner les flammes de l'éruption volcanique : le serpent ailé ne craignait rien, et lui-même était protégé par une armure capable de résister aux feux les plus intenses. Il reparut quelques minutes plus tard en brandissant une lance de bronze puisée dans les décombres de sa forge, et il se mit à tourner autour de Typhon, lui donnant de grands coups pour tenter de percer sa cuirasse d'écailles et de serpents.

Étroitement enlacées aux côtés de Phaéton, Déméter et Perséphone ne quittaient pas des yeux ce chaos absolu où le monde s'engloutissait. Le combat semblait tellement inégal, tellement perdu d'avance… Déméter frissonnait de tous ses membres, et sa fille gardait son poing dans la bouche pour étouffer les sanglots qui lui serraient la gorge.

Aucun des trois ne remarqua le char qui se posa délicatement juste derrière eux, et quand ils entendirent une petite voix flûtée dans leur dos, ils sursautèrent avec un cri de surprise.

– Eh bien, vous êtes aux premières loges ici ! Puis-je me joindre à vous ?

Ils se retournèrent : c'était Héra.

20
La nuit

– Toi ? dit Déméter en serrant les dents. Comment oses-tu venir ici ?

Héra arborait un sourire radieux et, sans cesser de flatter un des dix paons attelés à son char, elle répondit avec un détachement badin, comme une parfaite dame du monde en sortie au théâtre :

– Mais voyons ! Je n'aurais manqué pour rien au monde un spectacle aussi réjouissant !

Elle tendit un bras vers le chaos où sombrait la Sicile. Au-dessus de l'île, le ciel n'était plus qu'une grisaille de poussière et de soufre, qui pétillait parfois de flammèches et de brandons, d'étincelles et de grandes hachures de feu.

En voyant la stupeur de Déméter et Perséphone, Héra éclata de rire.

– Quelle mine vous faites ! Ne me dites pas que vous boudez votre plaisir ?

Déméter plissa le front avec un air d'infinie désolation.

– Comment as-tu pu faire ça ? Toi, ma propre sœur ! T'associer à Éole et aux Vents pour commettre une telle horreur !

– Très chère Déméter, répliqua Héra sans se départir de son large sourire, il y a bien longtemps que je n'ai plus grand-chose à voir avec les Olympiens. J'ai été tellement trompée, trahie, humiliée par eux... Que m'importe s'ils périssent tous dans les flammes de Typhon !

– Mais pourquoi toutes ces destructions ?

– Il était temps que les choses changent, tu ne crois pas ? Le règne des Olympiens était devenu si pitoyable, ces derniers siècles. Oui, il est temps que Zeus passe la main.

Elle fut interrompue par une puissante déflagration. Au loin, le combat se poursuivait dans un éclaboussement formidable de lave. L'éruption atteignait son paroxysme, projetant de longues fusées de lave qui s'unissaient à la flamme des cent gueules de Typhon pour décupler leur force. Il enfonçait ses bras dans le gouffre de l'Etna pour y puiser d'énormes boules de lave que les dragonneaux renvoyaient sur leurs adversaires. Au milieu de cette furie, la déroute semblait presque totale pour les Olympiens...

Encerclé par de nombreux serpents qui l'empêchaient d'avancer, enserraient ses chevilles et bloquaient le caducée, Hermès était incapable de riposter aux attaques des reptiles qui crachaient de tous côtés leur venin noirâtre. Il fallut l'intervention inespérée d'Héphaïstos pour les empêcher de se servir de leurs crochets luisants : le forgeron décrivit une large boucle pour prendre de l'élan, et fonça droit dans la masse de serpents qu'il trancha de sa lance de bronze pour délivrer son frère.

De leur côté, Apollon et Artémis avaient réussi à toucher une trentaine de bras, mais il en restait encore beaucoup d'autres, plus tenaces que jamais. Les carquois paraissaient inépuisables, les jumeaux y piochaient flèche sur flèche sans s'interrompre, mais leurs efforts étaient rarement récompensés à présent : Typhon esquivait si promptement la morsure des traits qu'il était presque intouchable, et les flèches finissaient toutes dans la mer.

Profitant d'un moment où Artémis était occupée à bander son arc, le monstre cracha dans son dos une nouvelle gerbe de flammes. L'incendie l'évita de peu, mais il atteignit l'une des ailes de sa monture qui se mit à flamber comme un feu de paille sèche. La biche poussa un cri aigu et, terrassée par la douleur, elle tomba en chute libre. Artémis tenta de redresser sa trajectoire mais, avec une seule aile valide, la pauvre bête ne pouvait rien faire. Elle vint s'écraser au sol tout près de Typhon, et le choc fut si rude qu'elle se brisa net les deux pattes avant. La déesse sauta de selle pour porter secours à sa fidèle monture, mais elle fut aussitôt contrainte d'y renoncer : devant elle se dressait un mur de serpents.

Héra battait des mains en s'étranglant de rire.

– Ah non ! Je ne regrette rien ! C'est trop beau !

Déméter arracha son regard de ce qui se passait en Sicile, et ses yeux se rétrécirent étrangement. Lentement, elle leva un bras et arracha à sa couronne végétale une feuille de lierre finement dentelée qu'elle jeta à terre. Instantanément la feuille s'enracina dans le sable et se mit à croître et à se ramifier tout autour d'Héra en un vaste entrelacs de lianes vertes.

Toute à son spectacle, la déesse ne s'apercevait de rien, et ce n'est qu'en sentant une tige glisser sur sa cheville qu'elle se rendit compte du danger. Elle secoua la jambe pour se libérer de l'étreinte de la liane, et sauta prestement sur son char.

– Je suis déçue, chère sœur ! Tu me trahis à ton tour.

Elle avait l'air sincèrement désolée, comme si elle avait réellement espéré pouvoir compter sur son soutien.

– Eh bien, puisque je suis indésirable ici, j'irai trouver ailleurs un meilleur panorama !

Un claquement de fouet, et les dix paons, déployant une large roue aux couleurs chatoyantes, s'envolèrent en criaillant. Le char disparut en direction de l'ouest.

Un cri strident retentit alors, et l'on vit arriver de l'est un immense oiseau, un vautour noir aux longues ailes, monté par un cavalier dont l'armure étincelait.

– C'est Arès ! cria Perséphone avec un éclat d'espoir.

Le dieu de la guerre avait sans doute entendu

depuis l'Olympe la rumeur du combat, et il s'était empressé de venir y participer. En quelques secondes il atteignit le champ de bataille, et sans prendre le temps de jauger la situation, il fit un piqué en direction d'Artémis, qu'il souleva du sol en la prenant par la taille. Le mouvement fut si rapide que les serpents massés autour de la déesse eurent à peine le temps de cracher leur venin. Ils se reportèrent aussitôt vers la pauvre biche qui disparut au milieu de leurs anneaux visqueux. Sa dernière aile battit un moment en l'air, secouée de tremblements incontrôlés, puis elle s'affaissa et se laissa ensevelir à son tour par le grouillement des reptiles.

Artémis se cala derrière son frère sur le dos du vautour et, serrant les mâchoires pour oublier la perte de sa biche favorite, elle reprit rageusement le combat. Elle formait avec Arès une équipe redoutable qui associait la puissance du glaive et l'efficacité des flèches lumineuses.

Malheureusement il était déjà trop tard. D'un lourd battement d'ailes, Typhon réussit enfin à s'arracher de sa gangue de pierre et posa un genou à terre. On aurait dit qu'une nouvelle montagne venait d'émerger sur ce coin de Sicile.

– C'est fini, dit Perséphone dans un murmure. Ses jambes seront bientôt libres.

Le ventre de Phaéton se serra, et une immense colère monta en lui. En cet instant où la lutte arrivait à son terme, il fallait qu'il aille se battre lui aussi, il fallait qu'il aide son père. Il bondit sur Eoüs qu'il talonna violemment, et le cheval s'élança vers le ciel. Déméter et Perséphone l'appelèrent pour le faire revenir, mais il n'écoutait plus rien.

Il arrivait à proximité de Typhon lorsqu'il songea, un peu tard, qu'il n'avait aucune arme pour attaquer ou se défendre. Il se mordit la lèvre, mais il était hors de question de rebrousser chemin. Sa place était aux côtés de son père et de ses oncles.

Une idée germa alors dans son esprit, une idée formidable et folle, et il s'étonna que les Olympiens n'y aient pas pensé avant lui : c'était une chance unique, certainement la seule qui permette encore de vaincre Typhon.

Il mit ses mains contre sa poitrine. Son cœur battait si fort qu'il semblait prêt à se rompre, et sa blessure s'était rouverte, faisant grandir la tache de sang qui maculait sa tunique. Il ferma les yeux, prit une longue inspiration pour retrouver le contrôle de lui-même, puis il se colla le plus possible contre l'encolure d'Eoüs, et se précipita vers le trou béant de l'Etna.

Avec un grognement de surprise, Typhon allongea trois bras dans la direction de son nouvel adversaire. Trois têtes de dragonneaux féroces avancèrent vers lui, les mâchoires ruisselant d'une salive noire et gluante, mais Eoüs réussit à les contourner avec habileté, et c'est à peine s'il sentit une frange d'écailles frôler ses côtes.

Phaéton s'apprêtait à disparaître dans les profondeurs du sol quand Apollon l'aperçut de loin. Leurs regards se croisèrent, et le dieu se figea brutalement, partagé entre l'étonnement et la colère ; il voulut ouvrir la bouche pour crier à son fils de retourner se mettre à l'abri, mais profitant de cette seconde d'inattention, une gueule de dragon fusa vers lui comme une flèche et engloutit entièrement la tête de Pyroïs. Le sang gicla, et Apollon, brutalement déséquilibré, bascula dans le vide au-dessus du lit grouillant de reptiles.

Phaéton ne put en voir davantage : Eoüs plongea et, s'engageant dans une crevasse encore épargnée par les écoulements de lave, il s'enfonça sous terre.

Il ne restait pas grand-chose de la forge dans ce chaos monstrueux de rochers et de flammes. La voûte s'était en partie effondrée, ensevelissant les établis et les chaudrons. De gros blocs de pierre étaient tombés dans le bassin central, faisant rejaillir un peu partout de grandes flaques de lave.

Phaéton réussit à faire passer Eoüs au milieu des décombres jusqu'à l'atelier des cyclopes. Il n'y avait qu'une chance infime pour que la pièce ait survécu à la catastrophe générale, mais il gardait le souvenir de murs blindés et solidement charpentés qui avaient peut-être tenu bon.

Il ne se trompait pas. À part le plafond dangereusement incliné, l'atelier était quasiment intact, et tellement silencieux que le jeune homme eut l'impression d'entrer dans un sanctuaire. Au fond, la marmite était encore là, bouillonnant sur son lit de braises.

Phaéton voulut prendre l'un des deux moules entreposés sur les étagères, mais l'objet était si lourd qu'il ne put le soulever, et il fut contraint de le laisser tomber au sol en le faisant glisser. Il prit également une louche et s'approcha du chaudron.

La main sur le couvercle, il se rappela le cambriolage perpétré par Borée une semaine plus tôt, et il comprit à cet instant l'erreur qu'ils avaient tous commise depuis ce jour : Borée n'avait jamais eu l'intention de fabriquer des éclairs, il avait seulement voulu priver les Olympiens de cette arme redoutable contre laquelle Typhon n'aurait rien pu faire. Il avait eu le temps de n'emporter qu'un seul moule ; la paranoïa du forgeron les avait sans doute sauvés du pire.

Il mit un bras devant ses yeux pour les protéger de la lumière dégagée par l'alliage. De l'autre il retira le couvercle, plongea la louche dans le liquide en fusion et le versa délicatement dans le moule. Puis il s'accroupit et, en s'arc-boutant sur ses pieds et ses genoux, il parvint à pousser le moule jusqu'au bassin de lave où il le fit basculer.

C'est alors que la lumière du métal devint absolument insoutenable, comme mille soleils entassés dans la forge. Phaéton eut beau fermer les yeux de toutes ses forces et les abriter derrière ses deux mains, la lumière traversa ses paupières et le remplit entièrement. La souffrance était si forte qu'il crut s'évanouir, la poitrine déchirée, mais il serra les dents et se redressa. Il ne voyait plus rien, l'éblouissement avait été si fort qu'il devait agir à l'aveuglette et faire confiance à ses mains. Il plongea la louche à plusieurs reprises avant de sentir un objet dur à la surface : c'était l'éclair, qui s'était détaché du moule et qu'il repêcha pour le ramener à lui. Alors il put se laisser aller, et il s'effondra au bord du bassin.

Il revint à lui en sentant le museau d'Eoüs contre son cou. Il se releva en hâte, songeant à son père qu'il avait quitté en si grand danger.

Ses yeux étaient encore remplis de lumière. Le rayonnement s'était éteint dans la forge, mais il était toujours là, tout entier concentré dans ses pupilles, et il n'avait plus dans les yeux qu'une immense tache jaune. Il laissa ses mains traîner à terre et retrouva l'éclair. L'arme avait déjà refroidi, et elle était si légère à présent qu'il put s'en emparer sans peine. Puis il se dirigea à tâtons vers Eoüs et l'enfourcha.

– Maintenant, chuchota-t-il à l'oreille de son cheval, j'ai besoin de toi, Eoüs ! Tu vas me guider.

Comme s'il avait parfaitement compris, l'animal s'ébroua et prit aussitôt son envol pour remonter à la surface. Phaéton devina autour de lui des mouvements rapides et menaçants, le glissement d'un reptile, le sifflement d'un jet de venin, un claquement de mâchoire, mais Eoüs slalomait au milieu de ces périls avec une agilité parfaite.

Tout à coup il s'arrêta en plein vol et, se dressant sur ses pattes arrière, il poussa un bref hennissement. C'était le signal ultime que le cheval lui adressait, le signal qu'il était temps de frapper. Ils étaient face au monstre, et les serpents qui faisaient fureur de tous côtés s'écartaient assez pour laisser apparaître la vieille cicatrice de Typhon, son unique point faible.

Phaéton n'eut aucune hésitation. Il brandit l'éclair et le lança de toute la puissance de son bras dans la direction qu'Eoüs lui indiquait.

Il y eut un nouveau déchaînement de lumière et un cri suraigu traversa le ciel, semblable aux cris de millions d'hommes agonisants. Phaéton dut rentrer la tête pour se protéger du bruit qui lui déchirait les tympans, puis il perçut une secousse épouvantable, comme si l'univers tout entier s'écroulait sur lui-même. Et le silence. Le silence absolu. Les dragons ne hurlaient plus, les myriades de reptiles s'étaient tues.

Plus rien ne semblait exister autour de lui.

Alors la grande tache jaune qu'il avait devant les yeux commença à s'assombrir ; des paillettes noires vinrent peu à peu s'amalgamer à elle pour former un voile ténébreux qui recouvrit entièrement sa pupille. Et la nuit tomba sur Phaéton.

Faisant courir ses deux mains sur le mur de la galerie, la Sibylle avança à tâtons jusqu'au seuil de la grotte, là où les cent couloirs débouchaient sur le temple.

Elle cala les orteils de ses pieds nus à l'endroit exact où le sol de pierre laissait place au marbre : c'était l'extrême limite qu'Apollon lui avait assignée autrefois quand elle était entrée à son service, et jamais elle ne s'était risquée à en braver l'interdit. L'obscurité était son seul univers, elle en avait toujours accepté le prix.

Elle allongea lentement le cou et jeta un regard dans le temple.

Le sanctuaire avait été presque entièrement arraché de ses fondations. Aux murs s'étiraient de profondes fissures qui s'étoilaient comme des miroirs brisés. De nombreuses colonnes s'étaient effondrées, entraînant avec elles une partie des lambris, et le plafond s'écaillait lentement dans une pluie de poussière dorée.

La vieille prêtresse secoua tristement la tête, mais à cet instant les deux battants de la porte s'ouvrirent avec fracas. Les rayons du soleil se déversèrent dans toute la longueur du temple, faisant étinceler les colonnes. Les lézardes, les sols éventrés et les chapiteaux éboulés disparurent dans le flamboiement prodigieux de l'or.

Deux silhouettes s'avancèrent en tremblant dans la lumière. La première tenait dans ses bras le corps d'un jeune homme qu'elle alla déposer avec d'infinies précautions contre un bloc de marbre.

– Ici, il sera en sécurité.

La Sibylle tressaillit : elle avait reconnu la voix de son maître.

– Il ne devrait pas tarder à reprendre connaissance. Je compte sur toi, Hermès, pour veiller sur lui jusqu'à l'arrivée d'Asclépios.

Quelque chose sembla se briser au fond de sa gorge.

– Nous lui devons tellement. Je n'arrive pas à supporter l'idée que ses yeux soient…

Il s'interrompit brusquement et se redressa dans l'éclat de l'or.

– Je dois repartir. Héphaïstos et Arès m'attendent, et il faut faire vite si nous voulons retrouver avant demain les hécatonchires et les Vents.

– Tout sera bientôt fini, assura Hermès dans un souffle.

– J'aimerais le croire, mon frère. Mais il y a Héra, et l'Olympe ne sera plus vraiment le même à cause d'elle : enrôler Éole et les Vents, enlever Zeus avec la complicité de Callista, faire tuer la Pythie, organiser l'évasion des hécatonchires pour délivrer Typhon – quelle haine il lui a fallu pour s'égarer à ce point ! Je ne suis pas sûr que nous arrivions un jour à nous en remettre…

Les voix se turent, et Hermès mit une main sur l'épaule de son frère. Sans rien dire, Apollon s'éloigna d'un pas lourd, et il disparut peu à peu dans l'éblouissement du matin.

Dehors, tout s'était tu. Les chuchotements et les complots, le gémissement des sols torturés, les pièges et la haine, la mort et la destruction semées comme des graines dans le champ du monde – de tout cela il ne restait plus rien, et la terre reprenait son souffle.

La Sibylle laissa longtemps son visage se gorger de soleil, c'était un bonheur tellement rare, puis elle recula de nouveau dans l'ombre et regagna paisiblement le fond de son antre. Les restes de lumière qui s'accrochaient à elle laissèrent dans les couloirs un sillage d'argent qui refusa longtemps de s'éteindre.

La vieille prêtresse souriait, le cœur tranquille : elle pouvait retourner à ses ténèbres, à présent.

Carte du bassin méditerranéen

Carte : Vincent Brunot

Arbre généalogique des dieux de l'Olympe

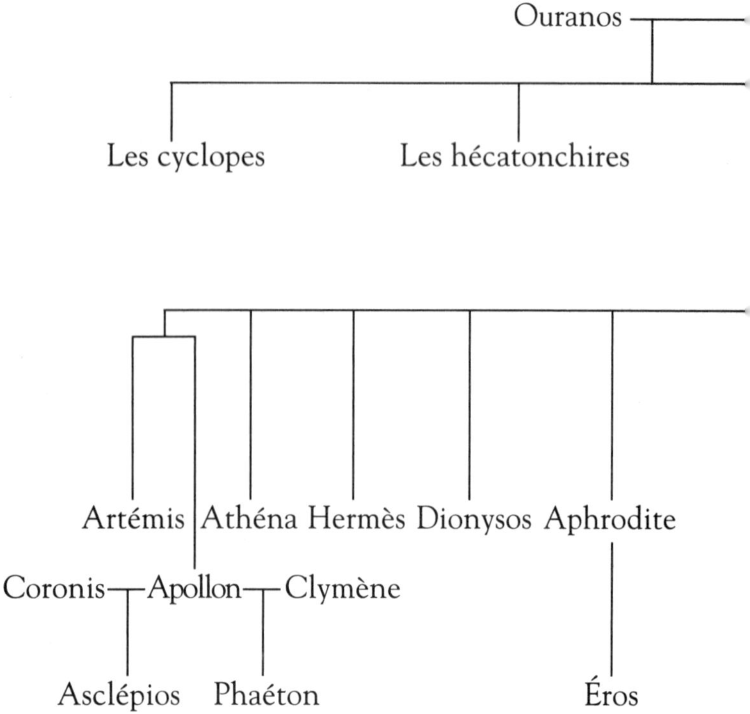

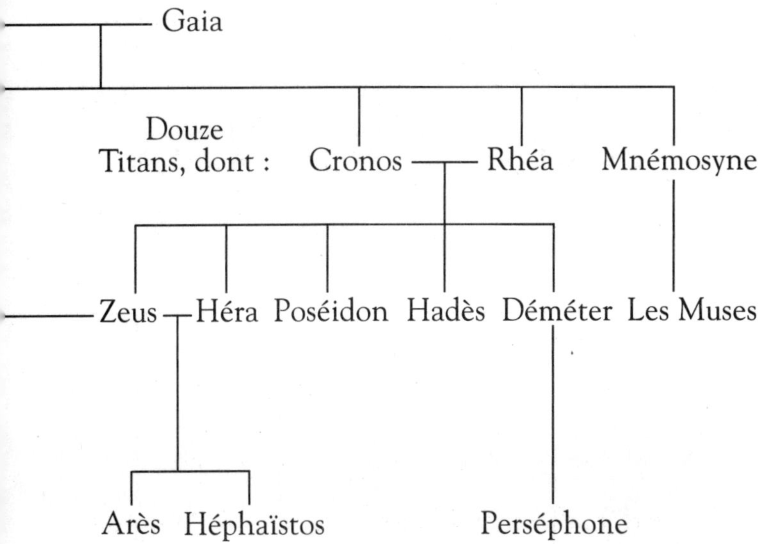
Gaia
Douze
Titans, dont :
Cronos
Rhéa
Mnémosyne
Zeus
Héra
Poséidon
Hadès
Déméter
Les Muses
Arès
Héphaïstos
Perséphone

Table des matières

Richard Normandon

L'auteur

Richard Normandon est né en 1974 dans le Cher. Professeur agrégé de lettres classiques, il vit actuellement à Tours. Il a réuni deux de ses passions, la mythologie et le roman policier, dans *La Conspiration des dieux*, sa première série, publiée dans la collection Folio Junior. Avec *Les Enquêtes d'Hermès*, il crée un personnage de dieu détective aussi attachant que perspicace.

Du même auteur chez Gallimard Jeunesse
La Conspiration des dieux

1 - La Conspiration des dieux
2 - Piège aux Enfers
3 - L'Olympe assiégé
4 - L'Ultime Trahison

Les Enquêtes d'Hermès

1 - Le Mystère Dédale
2 - L'Affaire Méduse
3 - La Malédiction des Argonautes
4 - Les Ombres d'Achille

Le papier de cet ouvrage est composé de fibres naturelles, renouvelables, recyclables et fabriquées à partir de bois provenant de forêts gérées durablement.

Mise en pages : Maryline Gatepaille

Loi n° 49-956 du 16 juillet 1949
sur les publications destinées à la jeunesse
ISBN : 978-2-07-510739-6
Numéro d'édition : 560808
Premier dépôt légal dans la même collection : août 2018
Dépôt légal : février 2023

Imprimé en Espagne par Novoprint (Barcelone)